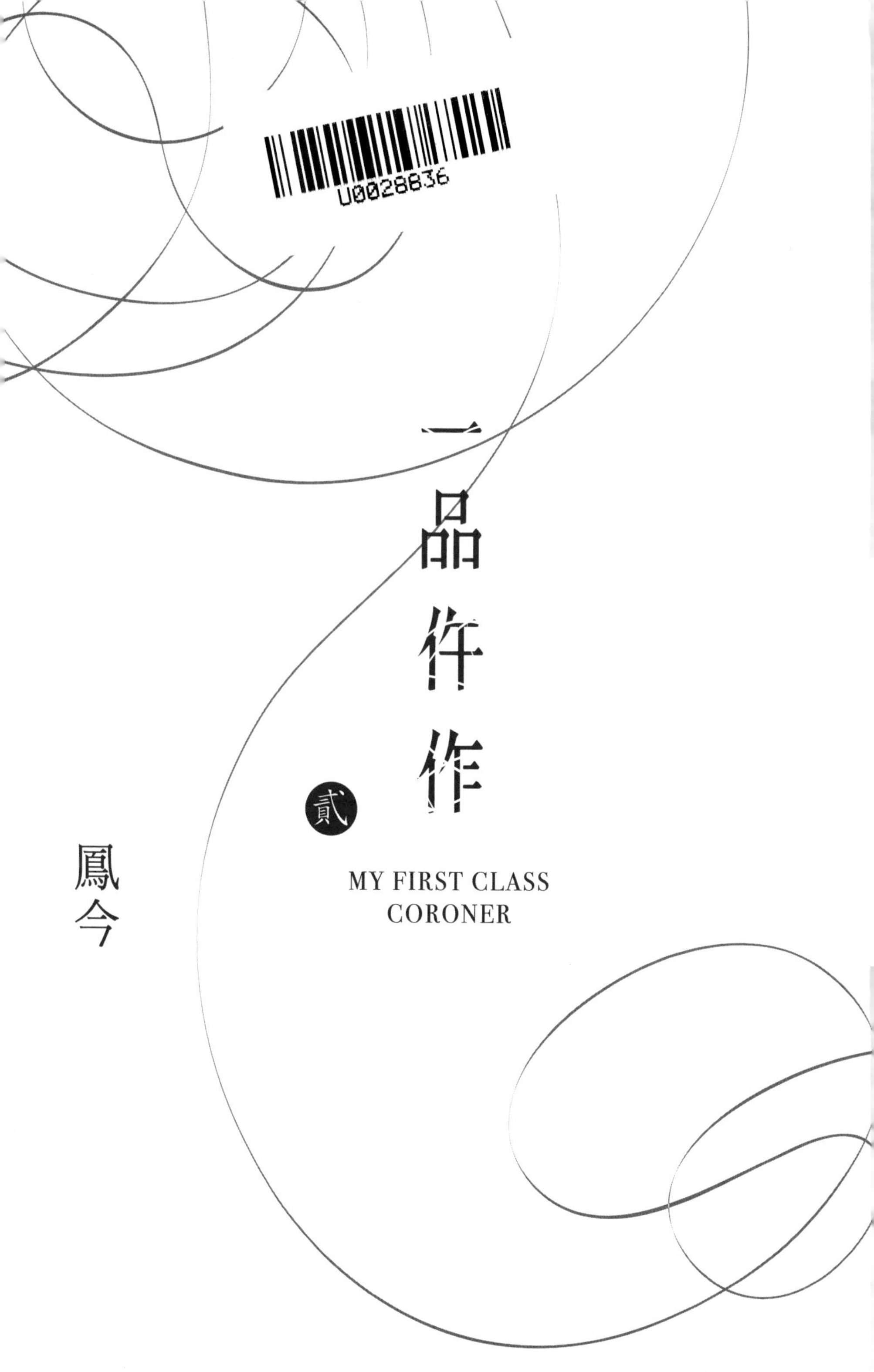
U0028836
一品仵作
貳
MY FIRST CLASS
CORONER
鳳今

目錄

第一章　深夜私審　005
第二章　我要從軍　061
第三章　叢林虐殺　105
第四章　神奇少年　187
第五章　孤守村莊　243

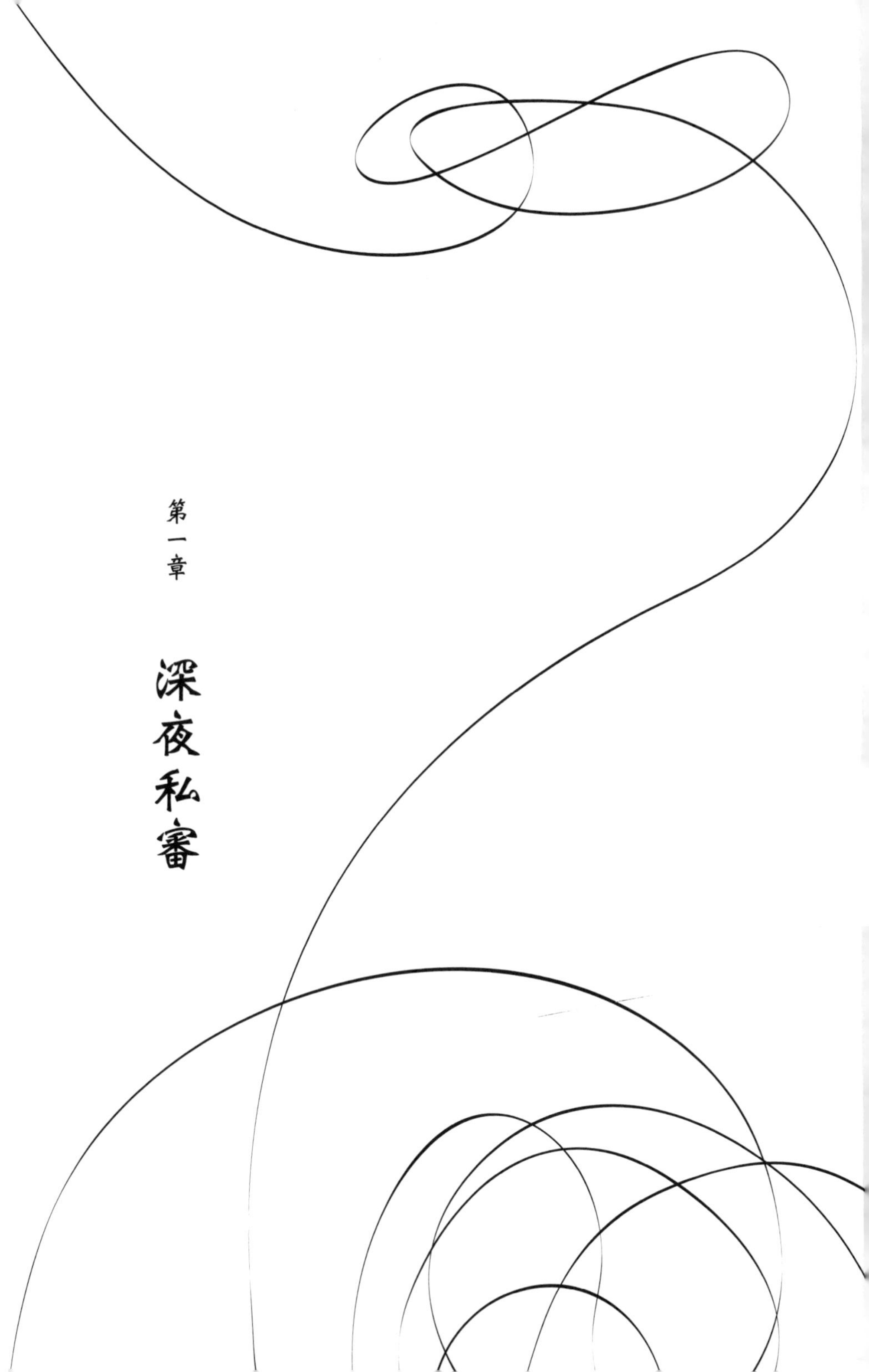

第一章

深夜私審

暮青腳步一頓，那聲音她聽得出來！

陳有良！

她回身時，陳有良到了閣樓門口，那張清瘦的苦臉看人苦大仇深，穿著刺史官袍卻仍有兩袖清風的文人氣度。魏卓之指了指屋裡，陳有良轉頭一望，愣了愣。

只見屋中少年冷若清霜，眸中似含風刀，陳有良知道這少年便是暮青，他雖未見過暮青的真容，但知道她今夜會來，他此生為官做人，向來問心無愧，暮懷山是他唯一愧對之人，也只有他的女兒會用這等看此生至仇的目光看他。

但暮青今晚沒動手，爹被毒殺背後的真相，她愈查愈覺得深，陳有良的命該不該留，且待事情真相大白。今夜她是來幫步惜歡查案的，她懂何為公何為私。

這時，步惜歡從樓上下來，暮青轉身抬頭，見他換了身月色衣袍，面上覆了那張初見時的紫玉鎏金面具。男子拾階而下，衣袖舒捲如雲，步步矜貴雍容，含笑下望，眸光比夜色沉，比月色涼。與宮中那媚色含春縱情聲色的帝王不同，暮青覺得眼前這個才是真正的步惜歡，漫不經心一望，便見睥睨莫測。

這閣樓果然是步惜歡在刺史府的御所，暮青瞧了他一眼便轉頭對門口的陳有良哼道：「刺史大人的娘親真是年華正茂，貌美如花。」

「噗！」魏卓之一笑，頓覺心頭舒暢，果然被人針對這等事有個伴兒比較舒心。

陳有良面色大變，謹慎地瞧一眼步惜歡，似怕他降罪暮青。

步惜歡卻低笑一聲，眉宇間神色被面具遮了去，道：「愛妃，這等情話不妨回宮與朕細說。」

陳有良暗鬆了口氣，魏卓之卻愣了愣，見步惜歡立在階下，面容在月色照不見的昏暗處，眸底神色瞧不真切，只瞧見他笑著欲牽暮青的手，暮青似有所感敏捷後退，步惜歡牽了個空，只搖頭一笑，無奈。

嗯？

魏卓之眉頭挑了老高，細長的鳳眸裡漸起興味。

「案子查到哪一步了？」暮青問。

答她的是陳有良，他很著急這件案子，語速極快：「池中血衣與凶刃已取出，凶器是寬約一寸的短刀，與驗屍時一致！那血衣是男子衣物，黛色薄錦，城中綢緞莊、成衣坊裡有這質料樣式的有七家，袍子無甚特別之處，府衙小吏、城中富賈、員外、城外鄉紳，穿這衣衫的有不少，實在平常。那短刀上頭連個烙子也無，尋常鐵匠鋪裡都打得出來。凶手是有備而來，憑血衣和凶刃，查不出任何線索！」

暮青並不意外，她驗屍那晚就看出來了，這凶手從後窗出去，擦了地上血跡，卻故意在石徑上留下泥印，顯然是個聰明狡詐之人，自不會笨到在凶刀和衣衫上留下尋他的證據。

「那晚凶手留下的泥印斷在半路，腳印方向指向府外！」

「凶手不會是府外之人。」暮青斷道。

「姑娘為何如此斷言？」陳有良問。

「血衣凶刃都確定不了他的身分，若他是府外之人，出了府便是天高地廣，再尋不著他。既如此，有必要費那麼多力氣迷惑你們？殺了人直接出府，對他來說比什麼都安全。明明在府中多留一刻便多一刻的危險，他卻沒急著走，反而故布迷陣，這說明什麼？」

陳有良面色忽變！

「若凶手是府外之人，沒有必要掩飾行蹤，你們不知他的身分，就算知道他出了府也尋不著他。他愈想掩蓋行蹤，愈說明他是府中之人！」暮青下了結論。

「凶手很聰明，但他忘了一句話，聰明反被聰明誤。這件案子的殺人凶手儘管在府中查，但下毒之人就不好說了，可能是死者的同僚、朋友、府中親眷、下人，也可能是刺史府中的下人，甚至不排除是這個殺人凶手。一個一個的排查太費時間，我有個行之有效的法子，但需刺史大人配合。」

「姑娘儘管說！」陳有良答得痛快。

暮青道：「這件案子，得由我來審！」

陳有良一愣，沒聽說過女子審案的荒唐事。步惜歡也微微挑眉，他知道她會察言觀色，原打算著讓陳有良將人集齊，升堂問案，要她避在一旁小簾後瞧著，誰有嫌疑，她只需說說，叫陳有良拿人就好。

可她竟要親自審？

「問案是需要技巧的，問到何處停，下一句問什麼都有技巧。這非一日兩日學得會，我想你們也沒時間讓我教會刺史大人，再讓他升堂問案。若想盡快知道凶手是誰，這件案子你得放權讓我來！」暮青轉頭看向步惜歡，此事他說了算，她就不問陳有良了。

男子挑著眉，目光在屋中晦暗難明，似在衡量。

女子審案，確實聞所未聞……大興開國至今六百年，便是前朝也未曾聽聞此事。

不過，若是她，許可以給他驚喜。

半晌，男子一笑，笑意裡融了興味，「好！那就瞧瞧，這世間女子如何問案！」

但步惜歡剛應了暮青，陳有良一張苦臉便沉了半邊。

「主上，我大興官制司職，發了案子，仵作驗屍，捕快緝凶，州官問案。若仵作問案，替行了州官之職，還要州府縣官何用？此例不可開，有違朝綱！」

步惜歡瞧著陳有良，眸光淡了些許。

「且女子升堂，古來未有！女子行鬚眉之事，豈非牝雞司晨，有違綱常？」陳有良又道。

魏卓之合扇點了點腦門，這陳有良是文人風骨，憂國憂民，為官清廉，侍君忠心，只是迂腐無趣了些。

此案的關鍵已不在凶手是誰上，而在於凶手殺人之後拿走的那封密信。眼下元家之心昭然若揭，帝位之危已在旦夕，他們這些年的心血均在江南，刺史府裡有他們太多的布置，絕不容許有機密外洩！眼下找到凶手是找到那封密信的唯一途徑，愈快查出來損失愈小，既然有人有辦法，何不一試？

非常時期，當行非常事，陳有良這榆木腦袋此時倒較起真來了。

「陳大人此話有趣！人死那晚，屍是我驗的，陳大人怎不言女子驗屍有違綱常？驗屍之後，尋凶的線索是我查的，我把捕快的事也做了，刺史大人怎不言有違朝綱？」暮青嘲諷道：「我既然把仵作和捕快的事都做了，不妨也把州官的事做一做。」

「妳！」陳有良一怒，「暮姑娘，妳爹的死本官確實有愧，妳若要本官償命，本官定無二話！但刺史府公堂乃朝廷所設，本官絕不容妳一介女子將公堂當作兒戲，亂我朝綱！」

「誰說我要坐刺史府的公堂？刺史府的公堂只有你刺史大人覺得那是朝廷的顏面，於我來說，公堂本應是人間公理之所在！可那兒已經髒了，我爹死在刺史府，你明知元凶是誰，至今無法還他一個公道，要我坐你刺史府的公堂，也不問我嫌不嫌髒！」暮青嘲諷更甚。

「妳！妳妳妳……」陳有良氣得呼哧呼哧喘氣，那削瘦的身板裹著官袍，夜風一吹便要倒。

「我不坐你的刺史椅，不要你的驚堂木！給我一間空屋，兩把椅子，天下鬚眉行不得之事，我行給你看！你這個州官問不出的凶手，我給你問！倒要讓你瞧瞧，仵作替不替得了州官之職，女子行不行得了男子之事！」少女一身少年衣，白衣束冠，袍袖厲拂，夜風乍起，剎那驚了海棠林。

閣樓內外，一時無聲。

月色在林子枝頭隱了又露，院內陰晴幾替，終聽人出了聲。

「可聽見了？」步惜歡懶懶瞧了陳有良一眼，聲比夜風涼：「去備吧。」

陳有良陡然驚醒，驚望步惜歡一眼，撲通一聲跪下，「主上！此事萬萬不可！今夜堂中過審之人皆刺史府中吏役，凶手雖可能在其中，但府中吏役無辜者多矣！今夜過審，府中吏役多是深明大義，願為同僚討一個公道，如何再能讓他們被一女子審問？暮姑娘雖有一身驗屍的好本事，可她非朝廷吏役，縱然她是，也不過一介仵作。刺史府中吏役，下至八品上至五品，哪一個都比仵作品級高，怎可由仵作來審？若被知曉，恐眾人譁怒，人心生隙！」

「那便不叫人知曉。」步惜歡淡淡開口，夜風似又涼了些。

陳有良被這話噎住，半晌道：「暮姑娘要親自審問府中吏役，如何能不叫人知曉？府中人若問暮姑娘是何人，如何敢審問他們，臣要如何答？」

「那是你的事。」步惜歡懶垂著眸，愈發漫不經心。

陳有良又一噎，見閣樓裡，帝王懶倚樓梯扶手旁，梨香染了衣袖，月色浸了寒眸。

聽他慢悠悠道：「朕要你查凶，你查不出。朕要你審案，你審不出。朕給你找了個人幫你，你恐眾人譁怒人心生隙。朕讓你不叫人知曉，你來問朕如何不叫人知曉，如此無用，朕要你這州官何用？還不如叫她替了你！」

陳有良聞言，面有羞愧之色，伏身將額磕在地上，沉痛道：「臣無用！臣願辭官，但望主上莫使一女子來審我大興吏役！此事萬不可為，若為，恐府中吏役要覺受辱，人心生隙，恐不利主上在江南多年的心血！此乃臣肺腑之言，臣願以死為諫！」

院中又靜，夜風拂過樹梢，只聞枝葉颯颯。

夜色忽涼，屋裡忽有月色漫來。男子緩緩行出來，不聞腳步聲，只見衣袖如雲，步步生了月涼如水。陳有良跪在地上，見那月色漫來眼前，聽一道散漫的聲音落在頭頂，夏夜裡竟叫人寒冷刺骨：「案子出在你府裡，凶手未尋到，便張口辭官閉口死諫，你可真有出息，當真不如一女子。」

陳有良一震，夜風抖了官袍，跪在地上忽然便僵了身子。

那月色已自他面前離開，身後跟著袖下生霜的少年，兩人漸去漸遠，只聽男子的聲音隨風送來——

「死諫？朕不允。俐落地給朕滾起來辦事！案子辦完了再死，朕心情好，興許還能賜你口棺。」

步惜歡與暮青先往前頭去了，魏卓之從屋裡出來，笑看了眼地上跪成了石頭的陳有良，扇子搖得雪月風花好不愜意，道：「起來吧，陳大人。聖上不是沒給你時日，暮姑娘進宮兩天，你在刺史府查了兩日，一無所獲，今夜他才帶人來的。你倒好，這時候論起三綱五常了。三綱五常，君為臣綱，君要臣死臣不得不死，現如今君不叫你死，你也只能不死。死了，你就是不忠，還是起來辦事實在。這案子拖了幾日，那密信再查不到內容去處，你可就真的萬死難辭其咎了。」

說罷，他也出了林子，獨留陳有良跪在地上，久未起，卻最終不得不起。

遵旨，辦事。

暮青沒直接去刺史府前頭，而是問明了灶房在哪裡，直奔刺史府後院的廚房。

步惜歡以為她夜裡在宮中沒吃飽，笑了笑，眸中帶起繾綣，「一會兒叫人送幾樣茶點到屋裡，妳邊吃邊問。」

暮青停住，回身看了他一眼，「刺史府裡每個時辰有人往前頭公房裡送茶點，廚房裡定有人值夜，你不方便見人便在這兒等我一會兒，我去去就回。」

見她如此堅持，步惜歡挑了挑眉，也瞧出她許不是去拿吃的，但沒再多問，只華袖輕拂，一朵幽藍暗花似從袖下翻出，那花有形似無形，見風便無聲無息散開，後方數道黑影亦無聲縱去。

「走吧。」他笑道。

暮青倒乾脆，真的轉身便走了。

步惜歡瞧著她的背影，搖頭失笑，抬腳跟上了。

月色裡，少年行在男子前頭，背影清卓，衣袖獵獵，隨風送了清霜。男子落後一步，慢步而行，華袖舒捲，獨自雍容。兩人一前一後，背影皆似天上人，卻往那人間煙火最盛處——廚房走去。

到了廚房，裡面燈燭明亮，鍋裡燒著水，灶上蒸著點心，裡面卻一個人都沒有。暮青進了廚房直奔鍋灶，裡面抽出一根柴火扇滅後面前一揮，濃煙過眼，她猛吸了一口，低頭便咳了起來。

就在她低頭狠咳之際，旁邊伸過來一隻手，奪了柴火扔去門口，聲音裡含著惱怒：「這是做什麼！」

暮青咳罷才抬起眼來，清亮的聲音已有些啞：「一會兒問審，被人聽出我是女子來，陳有良沒法交代。刺史府若有譁怒，對你不好。」

說罷，她轉身在廚房裡尋了只盆子，打了水來，以水為鏡，抹開臉上灰塵。待收拾好後轉身，見步惜歡靜立在門口望她。

廚房裡燈燭暖黃，灶臺蒸霧濛濛，她瞧不清他的神色，只見他望了她許久，轉身走去院中，負手望月，久久未言。暮青走出來，見夜色裡男子華袖舒捲沉浮，手腕骨骼清奇，月色裡著了涼意。

「走吧。」她走過他身邊，步子沒停。

她走過之時，月光落在她臉上，清雪般的肌膚已灰暗，背影幾分堅毅，落在男子眼裡，忽見幾分沉，幾分痛，幾分說不清道不明的震動。待她走得遠了，他才邁步，前行。

兩人在後頭磨蹭了這麼一陣兒，魏卓之和陳有良已經先到了前頭。步惜歡和暮青到時，屋子已經備好了。

進屋前，暮青道：「府中衙役且不審，先傳文官來問話。」

魏卓之眉一挑，這姑娘的嗓子……

陳有良聽聞要先審文官，臉色頗有隱忍，顯然內心仍有掙扎，並不情願讓一女子來審朝廷命官。一旁卻忽有目光落來！那目光比月色寒霜還涼，望人一眼，便讓人覺得心頭落了冰，冷得透心。陳有良驚住，見步惜歡正望著他，眸底浸了森涼。

陳有良有些陌生地望著步惜歡，陛下平日裡總是漫不經心，或喜或怒，總一副懶散意態，叫人猜不透聖意，總覺深沉莫測。他隨陛下五年，從未見過他如此直白的目光，森涼，冰冷。

「去辦。」只兩個字，聽不出怒來，他卻知道，陛下動了真怒。

「臣……遵旨！」陳有良躬身而退，後背竟覺涇冷。

暮青的聲音自他背後傳來：「死者身中三刀，第一刀在腹部，腹部中刀的致死概率比胸部和頸部小得多，可見凶手並非職業殺手。若職業殺手行凶，下手應該乾脆俐落，不會費三刀。死者是文官，不會武藝，現場有掙扎打鬥痕跡，表明凶手可能也不會武藝。刺史府衙的公差，即便不是高手，身手也不會差。所以，別浪費時間，先查文官！」

她可以不解釋，但她還是解釋了，不為陳有良，為步惜歡，為他今早殿中指引解惑。他既誠心待她，她便回以誠心。陳有良雖然為人迂腐不化，但這等迂腐文人有個優點，便是忠君。步惜歡年幼登基，一副昏庸之相面對世人，她相信他有苦衷。看得出來，江南有他諸多心血在，陳有良這汴州刺史有青天之譽，頗得民心和天下學子之心，對步惜歡來說，此人有大助！她不願因她讓他們君臣之間起了嫌隙，畢竟陳有良才是那個常伴君側輔佐他的人，而她辦完這件案子便是要遠行的……

暮青垂眸，遮了眸底神色。步惜歡低頭瞧她，眉宇間神色亦被面具遮了去，只餘那衣袖夜風裡輕動，似某些說不清的震動心緒。

她這般相護的心思，他怎能看不出？

陳有良也未曾想暮青會解釋，他雖甚不贊同女子問案，但他能穿上這身汴州刺史四品大員的官袍，自不是蠢鈍之人，當下複雜地看了暮青一會兒，轉身去辦事了。

片刻後，他回來，暮青已在屋中。

屋子東邊一間通屋，隔了簾子，步惜歡和魏卓之去了簾後，暮青靜坐在屋中一把椅子裡，面向門口。

見他走到門口，她問：「這件案子刺史大人在府中查了兩日，凶手用的凶器，府中人可知道？」

陳有良面色有些複雜，但這回沒為難她，依實答了：「這兩日府中衙差拿著凶器血衣在城中各綢緞莊和打鐵鋪遍查，此事自然瞞不住府中人。」

「那凶手殺人離開後，在後窗小徑上擦拭血跡以及留下腳印的事，府中人可知？」

「此事那晚已查，不需衙役再查一遍，本官沒再吩咐，因此此事只有那晚查案的人知道。」

暮青聞言，點了點頭，表示明瞭了。

陳有良不知她問這些有何用，但也沒再問，瞧她不再問了，便進了屋，坐去了她身後。暮青身後放了一張方桌，一把太師椅，陳有良身穿官袍坐在她身後，明顯是要瞧她問案。暮青沒反對，她一個來歷不明的人夜審刺史府官吏，若無陳有良在場彈壓，哪有人會乖乖給她審？

「可以開始了，傳人進來吧。但有一句，這案子一旦開審，如何審如何問，我說了算！刺史大人只需記著兩個字。」暮青回頭，看向陳有良。

「哪兩字？」

「閉嘴。」

陳有良一口氣沒喘上來，面色漲紅，眼裡隱有怒色。方才他還以為她是個心胸頗寬的，鬧了半天，是他錯看了？

暮青沒再理他，轉過頭來。一間屋子，兩把椅子，這就是她要的。雖然身後坐著汴州刺史，旁屋坐著大興帝君，但這案子由她審，便要她說了算！

「傳人！」她面向院中，忽喝一聲，那聲音有些低啞，卻氣勢忽震，傳去老遠。

前頭院門吱呀一聲開了，兩名衙役守在門外，一人走了進來。

來人未穿官袍，但一瞧便是文人，步態恭謹，進屋一愣。

屋中燈火通明，一名少年坐在椅子裡，面朝屋外，刺史大人坐在少年身後的方桌旁，燭光映著削瘦的臉，有些紅。

「大人……」那人瞧一眼陳有良，又瞥一眼暮青，不知這是演哪一齣。數日前夜裡，文書王文起在刺史府公房中被殺，此事震驚了府中上下。人被殺時是深夜，能出入刺史府的大多是府中人，因此刺史大人才決意將那晚值夜的吏役衙差都過一遍堂審，後來又說府中所有吏役都要審。

可不知為何公堂變成了私審，這屋中少年又是何人？

「咳！」陳有良咳了一聲，臉色更紅，垂眸道：「這位公子的身分本官不便透露，今夜由她來問話，你且答，就當是本官問話。」

陳有良顯然不常撒謊，說完便低頭喝茶，沒敢再抬頭看人。

啊？

那人有些愣，再看暮青，見他一襲白袍，乍一看普通，細一看肩頭袖口隱見蘭枝。蘭枝淺淡，少年衣袖微動，那枝葉竟似隨著搖曳燭光在人眼前輕輕舒捲，精緻驚豔，竟是頗為名貴的緯錦！緯錦由朝廷織造局織造，用色可鮮豔可淡雅，貴在繁複精緻，便是淡雅，行止間也能讓人如見繁花綻放，甚為驚豔。此錦專供宮中和士族貴胄之家，他這等朝廷六品史學教官都用不得。

那人頓驚，見暮青膚色雖有些灰暗，但眉眼清貴，氣度卓絕，頗似哪家士族門第的貴公子。少年不過志學之年，依大興律，尚未到出仕的年紀，深夜私審朝廷命官太不合禮制，但士族門閥位高權重，便是無一官半職在身，也非他這等六品州城文吏能惹。刺史大人都不便透露身分之人，身分定然貴重。

那人態度頓時恭謹了些，這時，聽暮青開了口。

「坐吧。」她聲音有些低啞，似這年紀的少年常有的聲線。

那人卻不敢坐，躬身笑了笑，姿態甚低，「刺史大人在此，下官還是站著答吧。」

「坐。」少年淡道：「我跟人聊天喜歡平視。」

那人愣了愣，抬頭看陳有良，陳有良面有鬱色地抬眼，匆匆點頭，又低頭喝茶去了。

那人以為陳有良面色不豫是因自己，又見暮青神色冷淡，這才不敢不坐，恭謹小心地坐去了暮青對面的椅子裡，屁股只敢占了椅子的半邊。

「不必拘謹，只是隨便聊聊。閣下所任何職？」暮青問。

那人抬眼，見少年與他平視，那目光就像他的人，寡淡，清冷，但不知為何有種乾淨澄澈得直照人心的感覺。他頓時有些勢弱，恭謹答：「下官李季，任史學教官。」

暮青輕輕頷首，道：「數日前夜裡，文書王文起被人殺死在公房中，身中三刀。凶手在書桌前一刀捅在他腹部，他驚恐之下奔向房門欲求救，凶手將他拖了回來，把他拖倒在書架旁，在他胸口又捅了一刀。凶手以為他死了，但他沒死，他抬手想抓住凶手，凶手乾脆蹲下身，在他頸部劃了一刀。這一刀劃開了他脖子上的皮肉血管，要了他的命。」

少年講述得平靜緩慢，就像他親眼看見了王文起是怎樣被凶手一刀刀殺死的般，在這寂靜的夜裡，房門大敞，屋裡就著燭光，他慢聲細述，似講一個故事。夏風自院中吹進來，明明微暖，卻令人後背起了毛。

李季坐立不安，眼裡流露出驚恐神色。

但令他更驚恐的是少年之後的話。

「假如你是凶手，殺人之後，你會從前門離開嗎？」

李季一驚，那半邊屁股險些從椅子裡挪到地上！

陳有良正喝茶，一口燙在嗓子裡，嗆了個正著！他猛咳幾聲，暮青皺眉回頭，他抬眼時正與她目光撞了個正著，那目光就一個意思——你很吵，閉嘴！

陳有良頓怒，暮青繼續問——

「假如你是凶手，殺人之後，你會從後窗離開嗎？」

「假如你是凶手，你離開時，會將地上的血跡擦拭掉嗎？」

「假如你是凶手，你離開時，會沿路留下腳印嗎？」

她每問一句，稍停片刻，一連三問，李季坐立不安地從椅子裡站起來，陳有良呼哧呼哧喘氣，猛灌了一盞茶水，怒氣壓都壓不住。

胡鬧！

兒戲！

哪有這般問案的！

審案問案，先問疑犯何人，家住何處做何營生，再問疑犯與死者可相識，是何關係，是親是疏，可有仇怨。案發當時，疑犯身在何處，可有人證。若有，再傳人證問話。

他自九品知縣做起，一路至今，升堂問審不下數百，從來都是如此問案，也未曾見過哪個同僚不是如此問的。像暮青這般問的，他還是頭一回見，根本就是兒戲！她指望府中人自招是凶手嗎？他審案無數，凡凶手招供，無外乎兩種緣由——一呈鐵證，二動大刑。

不見鐵證，亦無皮肉之苦，誰會傻到自承行凶？

她如此問案，怎可能會問出真凶？

陳有良將茶盞往桌上重重一放，他承認暮青驗屍是把好手，可問案乃州官之職，隔行如隔山，仵作終是替不得，女子也終是不懂公堂之事！

「大人！下官……」李季顫顫巍巍便要跪下。

「你可以走了。」暮青忽道：「出門右轉，旁邊廂房裡等著，不可出這院子。」

陳有良和李季都一愣。

「出門，右轉，這很難？需要我送你？」暮青挑眉看向李季。

李季驚住，他哪敢叫暮青送他出門？雖不知怎突然便不問他了，但這等問話少聽幾句他感覺能多活兩年，於是忙向陳有良告退了，出了門依言進了右邊廂房，門關上後，聽見暮青的聲音。

「傳下一個！」

陳有良轉頭看向旁屋那道簾子裡，陛下也該聽見了，如此問案實乃荒唐之舉，不知可否停了這場鬧劇？但那簾子靜靜掛著，簾後悄無聲息，半分聖意也未傳出。院子門開了，一人走了進來。

那人見了屋中情形，與李季反應差不許多。陳有良未見聖意，只好臉色難看地坐回去，將剛才的謊又撒了一遍，然後端起空了的茶盞，佯裝喝茶。

聽暮青道：「不必拘謹，只是隨便聊聊。閣下所任何職？」

陳有良手中的茶盞險些翻去地上，他不可思議地抬眼，這是打算把剛才那荒唐的問話再問一遍？

這回他猜對了，暮青將案情敘述了一遍，又問了那四個問題。那人與李季一樣，聽了那「假如你是凶手」的話，驚得坐立難安，起身便要辯白。

「你可以走了。」暮青又道：「出門右轉，旁邊廂房裡等著，不可出這院子。」

那人走後，暮青又傳：「下一個！」

下一個，下一個，人一個一個地進來，一個一個地驚起，又一個一個地進了右邊廂房。暮青問的話卻始終在重複，有的人她連四句沒問完就叫人離開了，但沒有人能讓她的問話超出四句。

眼見著刺史府的文官都進廂房團聚去了，陳有良坐不住了，「公子打算如此問到何時？我刺史府的人都快被妳問遍了！」

「問遍了？不見得吧？」暮青這回竟沒嫌他吵，轉頭挑眉，「我似乎，沒見到你刺史府的別駕。」

別駕，乃一州副官，總理州府眾務，職權甚重。因出巡時可不隨刺史車駕，別乘一駕，故名。

陳有良一聽暮青要審汴州別駕，臉色便沉了，「公子，何大人乃朝廷命官，正四品下！」

暮青挑著眉，聽後點了點頭。陳有良以為她懂了，聽她道：「傳！」

陳有良：「……」

門開了，來人遠遠便道：「大人，公堂怎改私審了？可是有新線索？」

那人年逾四旬，一身褐色錦袍，中等體型，以文官來說，身量算高的。走到門口，見到屋中情形，那人也愣了愣，問道：「大人，這位公子是？」

「這位公子的身分本官不便透露，今夜由她來問話，你且答吧，日後本官再與你細說。」謊話說多了也會熟練，陳有良很順溜地說出了口，只是臉色不太好看。

那人愣住，反應與其他人差不多，也是將暮青細細打量了一遍，眼底露出驚色。但他少了些恭謹，顯得隨意些。

暮青將他的神色看在眼裡，道：「坐。」

那人聞言，大方坐了下來，與暮青面對面。

「閣下所任何職？」暮青問。

「本官汴州別駕，何承學，見過這位公子。公子儀表堂堂，能被刺史大人請來問府中案子，想必公子有大才！」那人笑道。

暮青面無表情道：「單眼微瞇，單側嘴角微挑，典型輕蔑的表情。我不過志學之年，尚未出仕，且是府外之人，你不滿我一個外人審刺史府的案子，也不認為我有能力審得出。大才之說聽著恭維，實則譏諷。」

何承學愣住，眼底露出驚色。他不知那表情之說何來，但這少年後面的話竟真說中了！他再度細細打量暮青，這少年到底何人？

陳有良也望向暮青，不快的臉色僵了幾分。單眼微瞇，單側嘴角微挑？何承學剛剛有這神情？他怎麼瞧見他只是笑了笑？陛下說暮姑娘會察言觀色，莫非……這便是？

他目光頭一回深了些。

「官場上那套寒暄對我就不必了。我不會因你的恭維便少問你幾句，也不會因你的輕蔑而刁難你。進入正題吧，我問，你答，廢話少說。」暮青道。

「咳！」何承學咳了咳，有些尷尬，當他抬眼時，暮青已開始了。

「數日前夜裡，文書王文起被人殺死在公房中，身中三刀。凶手在書桌前一刀捅在他腹部，他驚恐之下奔向房門欲求救，凶手將他拖了回來，把他拖倒在書架旁，在他胸口又捅了一刀。凶手以為他死了，但他沒死，他抬手想抓住凶手，凶手乾脆蹲下身，在他頸部劃了一刀。這一刀劃開了他脖子上的皮肉血管，要了他的命。」

今夜不知多少次說起了這段話，她看見何承學臉上露出了驚訝的神色。

「公子這是……見過王文書是如何死的？」何承學驚訝問，卻看見少年面色清冷，目光澄澈。

「罪案現場是會說話的，凶手如何行凶的，現場會告訴我。」

「呃……」

「王文起死前一段時日，身中慢性砒霜之毒，有人在他的膳食裡下毒，時日不短，你認為這個人會是凶手嗎？」

何承學愣住，陳有良一驚！

他在這兒坐了一晚上，暮青對所有人問的話都一樣，這是第一次出現不一樣的問話！縱然覺得暮青如此問案實屬兒戲，但這不同尋常的情況還是讓他不由自主地望向何承學。

「有人在他的膳食裡下毒？」何承學依舊露出驚訝神色。

「你認為這個人會是凶手嗎？」暮青問。

「這……」

「你認為這個人會和凶手認識嗎？」不待何承學回答，暮青便又換了個問題。

「這……」

「你認為這個人會是刺史府中的人嗎？」暮青似乎根本不需要何承學回答，每次他一開口，她便換了問題。

陳有良眉頭皺了起來，他分明要回答，為何不聽他怎麼答！

何承學被暮青接連打斷，面色沉了些，望著暮青道：「這本官怎知？本官又不是凶手！」

「那假如你是凶手，殺人之後，你會從前門離開嗎？」

何承學一噎，沒想到他都說了他不是凶手，暮青竟還要假設他是凶手，他面含怒色，暮青卻似瞧不見，繼續問——

「假如你是凶手，殺人之後，你會從後窗離開嗎？」

何承學臉色難看地垂眸，似覺得暮青不可理喻，不想再理會她的問話了。

「假如你是凶手，你離開時，會將地上的血跡擦拭掉嗎？」
「假如你是凶手，你離開時，會沿路留下腳印嗎？」
「假如你是凶手，留下腳印後，你會直接出府嗎？」
問題還在繼續，一連三問，何承學抬眼，眼中含怒，望了暮青一眼便問陳有良：「大人，這位公子可是真將下官當作凶手了？這位公子不知，大人是知道的，那夜並非下官值守，下官在自己府邸歇息，此事有府中人為證。」
陳有良竟未開口維護，只望著暮青，那神色頗有幾分複雜。今夜進來的人一個也沒出去，外頭等候的人都不知屋裡問了何話，但他是一清二楚的。暮青今夜問案，不曾問過下毒之事，何承學是第一個讓她問出此話的人，且前頭的人都未能讓她的假設超過四句，何承學卻又破了例——他聽到了第五句。
他與何承學乃同窗之誼，又同在汴州為官，私交甚好。從私交上來說，他很不願他被女子如此審問，但於公來說，他不可徇私。他乃大興的臣子，自是要忠君之事。凶手殺人後拿走的這封密信關係甚大，不可不查！
陳有良忍著未開口，何承學目中露出驚色，再望向暮青時，目光裡又多了些審視。

這少年究竟何人？

「假如你是凶手，留下腳印後，你會留在府中嗎？」

聽暮青再問，何承學再度垂眸不予理會。

暮青再問：「假如你是凶手，殺人之後你要拿走公房裡的一樣東西，你會拿走公文嗎？」

「公房裡有東西被拿走了？」何承學又驚訝抬頭。

暮青的目光往他腿上握著的拳上一落，不答，只問：「你會拿走信件嗎？」

那拳倏地握緊，隨即見他憤怒起身。

暮青也起身，盯著何承學便是一連三問，每一問她只停頓片刻：「假如你拿走這樣東西，你會交給別人嗎？會銷毀嗎？會留下來嗎？」

「大人！」何承學忍無可忍，「下官不知這位公子是何身分，但瞧他年紀，想必尚未出仕，大人將公堂改為私審本不合規矩，又叫一介白丁來審朝廷命官，下官斗膽，敢問大人此舉置我刺史府於何地，置朝廷於何地？」

陳有良站起身來，屋中燭火搖曳，映著他削瘦的臉，忽明忽暗，卻問：「她的問題，你為何不答？」

何承學一愣，隨即面色漲紅，怒道：「下官何曾不想作答？只這位公子將下官假設為凶手，這叫下官如何作答！如此問案，聞所未聞，荒謬至極，大人為何偏信？莫非，連大人也懷疑下官是凶手？」

陳有良聽了，剛要開口解釋，面前忽然晃過一人來。

正是暮青！

暮青插在兩人中間，似根本不在意汴州職權最重的兩位正副官的爭吵，只擋了何承學的視線，讓他望向她，接著問——

「假如你將拿走的東西留下來，你會帶在身上嗎？」

「會藏在刺史府裡嗎？」

「會藏在你府中嗎？」

「會藏在書房裡嗎？」

何承學被問得面色由紅轉白，再由白轉紅，變了幾輪，忽然怒哼一聲，拂袖轉身，大步離去。

剛走出兩步，聽暮青在身後忽然一聲喝！

「拿下！」

話音落，院中夜風忽起，一聲錚音長嘯，一道白電晃得人眼都覷了覷。屋裡人視線閃避間，屋裡已多了兩道人影，一前一後，劍抵何承學心口。

「那邊廂房裡的人，全部退出院子！」暮青在屋中道。

屋裡的吏役早就聽見了聲響，不敢相信被拿下的竟是何大人，誰也不知今夜審案的公子是何人，也不知他是如何看出何大人是凶手的，一開門見屋裡刀光劍影，便都驚著心匆匆退出了院子。

院門關了，屋裡簾子一挑，步惜歡和魏卓之走了出來。

何承學見到步惜歡，眼裡露出驚色，但很快將目光轉到魏卓之身上，「魏公子？你怎會深夜在刺史府中？這是你的人？此舉何意？」

「行了，別裝了，你知道這兩人不是魏卓之的人。」暮青忽然開口，一指步惜歡，對何承學道：「而且，你認出了他是誰。」

何承學眼中露出驚色，陳有良更驚。陛下常微服來刺史府的事只有他知道，何承學曾見過駕，但那是在行宮中，他絕不該認出今夜的陛下！

「公子怎知？」陳有良急問。若何承學真認出了陛下，那就說明陛下微服來刺史府的事走漏了風聲！還有多少人知道，誰知道？

「這與案情無關，先說案子。涉案之人全都查出來，你的擔憂就能解。」暮青道。

步惜歡瞧著她道：「那就說案子。」

暮青點頭，看向何承學，「先說結論。殺人凶手是他，他知道死者被下毒之事，但下毒者不是他，他與下毒者認識，這個人也在刺史府中。殺人之後，他沒有出刺史府，而是留在了府中。信是他拿走的，沒有銷毀，就藏在他府中的書房裡。」

陳有良驚住，「公子怎知？」

「別打斷我，我沒說完。」暮青皺眉。

「……」

「再說動機。動機是死者發現了他們的密謀，但沒有告訴你們，他用來威脅對方以獲取利益，才招致殺身之禍。」

「最後說他的同黨。把案發那晚前後門值守的公差、小廝、廚房下人和府中能經常外出的人找來，我就可以告訴你們，哪些人是他的同黨。」

「就這些。有何疑問，可以問了。」暮青道。

她允許提問了，屋裡反倒沒人說話了。

凶手、動機、密信去向、凶手同黨，甚至連下毒的事她都有結論了，這叫就這些？

「就這些」？這叫案子水落石出了！

陳有良一頭霧水，他今晚與暮青一起在屋裡坐著，聽完了她所有的問話。從頭到尾都是她在問，何承學只否認過自己是凶手，除此之外，什麼都沒答過！

他什麼都沒看出來，可她卻說案子已水落石出了？

這是如何辦到的！

「怎知？」還是步惜歡開了口，他瞧了何承學一眼，懶洋洋瞧暮青，「怎知他是凶手？」

「表情。」暮青給出兩個字，「我的提問，他答什麼都無所謂，我並不為聽他的回答。今晚我陳述死者被害經過，前頭進來的人都露出恐懼的表情，唯獨他是驚訝的。」

暮青看了何承學一眼，見他正望著自己，便道：「對，就是他此時的表情。

下顎下垂，嘴巴放鬆，眼睛張大，眼瞼和眉毛微抬，這就是驚訝。」

屋裡人都循著她的目光望去，聽暮青對何承學道：「我想你一定驚訝自己是在此處露出馬腳的，想知道緣由？這得由他們來看。」

何承學聞言又驚訝，暮青轉身道：「看看，真正的驚訝神情就像他此時，在臉上維持的時間很短。但是他在我陳述死者被害經過時，驚訝的神情卻維持了很久，這便有偽裝的嫌疑。這是出於偽裝者的心理，彷彿怕人看不見他很驚訝，所以努力維持，以增加自己的可信度，卻不知這犯了致命的錯誤——演戲過於用力。」

屋中數道目光盯住何承學，皆有思索探究神色。

「當然，我不能憑此就斷定他是凶手，所以我又試問了下毒之事，他還是露出了假裝的驚訝神情，我便知道他在偽裝，有些事情他想隱瞞。」

「接著，我假設他是凶手，問他殺人後是否會從後窗離開，從這個提問開始，他便避開了和我的眼神交流，直到我問他留下腳印後是否會直接出府，他才重新看我。」暮青看著何承學道：「這叫做視覺阻斷。比如，蔑視別人時，會瞇起眼；羞愧時，會以手遮住眼；恐懼時，會閉上眼。這出於人的自我保護，當厭惡一個人、不想面對一個人時，會本能地不想看到。就像刺史大人惱我時，從來都不看我一樣。」

「妳！」本來聽得入神，正在思索，忽聽見暮青拿自己說事，陳有良一怒，隨即無語搖頭，把臉撇去一邊。

「對，就是這樣。」暮青點頭，看了眼步惜歡和魏卓之，「這就是視覺阻斷。」

「妳！」陳有良這才知道自己中了暮青的計，見兩道目光望向自己，他頓時面色漲紅，又想把臉轉開。但轉到一半，想起又要給人當活示例，便生硬地忍住了。但同時他又神色複雜，這察言觀色之說，乍一聽乃無稽之談，可被暮青如此示範，竟真有種有些道理的感覺。

這時，暮青接著道：「我的問題不僅讓他不想面對，他還出現了緊張行為——雙拳緊握，指節發白！壓力反應——眨眼頻率增高，瞳孔縮小！同樣的表現還出現在我問他留下腳印後會不會留在府中時。這些已讓他的嫌疑加深了不少，當我提到信時，他徹底露出了馬腳，出現了逃跑反應。」

「逃？」陳有良忽然抬眼，「公子是不是記錯了？公子提到信時，何大人怒而起身，與本官理論，他想離開是之後的事。」

「怒？」暮青搖頭，「不，他沒怒。」

陳有良皺眉，此事就發生在剛才，他還能記錯了不成？

方才還覺得暮青說得有些道理，此刻他不由又懷疑了起來。剛要開口辯論，忽見暮青轉身。

暮青在屋中一轉，兩步走到桌旁，拿起桌上茶盞。那茶盞正是陳有良今晚用的，他正驚愣，不知她要做何事，便見她回身，抬手，乾脆俐落地將那茶盞往他腳下啪地一擲！

茶盞中的茶水已盡，只有些清茶葉子，雪瓷落地頓碎，瓷碴與清茶葉子在陳有良腳下濺開，驚得他蹬蹬後退。

步惜歡和魏卓之看向暮青，目光皆深，未動。

陳有良低頭，見官靴上貼著幾片茶葉，已是髒了，頓時惱怒，抬頭，拂袖，怒斥：「公子何意！」

暮青面無表情，只道：「嗯，怒容，拂袖，斥責。即表情，動作，語言，三者同時出現，無時間差，這才是真怒。」

陳有良愣住，臉上尚有怒容，卻發現又被暮青擺了一道，頓時一口氣卡在喉嚨，不知嚥下還是吐出，生生卡得心口疼。

魏卓之嘴角微抽，低頭，忍不住肩膀聳動。這麼嚴肅的事，不知為何他總想笑。陳大人真是得罪暮姑娘得罪狠了，可他又是哪兒得罪她了呢？為何她總看他不順眼？

步惜歡只瞧了陳有良一眼，目中露出深色，似已懂了暮青所言。

果然，聽暮青道：「想想何大人當時是如何做的？握拳，起身，說話，分了三個時間，這怒意演戲痕跡太重。且他起身時，身體和右腳已不自覺地往門口處轉了，他雖沒有離開逃離，但身體很誠實地反映出了他內心的想法。」

「案發經過、逃離路線、失蹤的信，在這三點上出現了隱瞞、緊張、壓力和逃離反應的人——」暮青抬眼，望向何承學，「他不是凶手，誰是？」

屋中再次靜了下來，若非聽了暮青的解釋，誰也想不到凶手竟是如此被查出來的。案發至今數日，刺史府傾全力查凶，拿著血衣與凶刀，城中排查了一遍又一遍，府中人那夜值守的也問了幾遍，始終沒有找到凶手的蛛絲馬跡。未曾想今夜只坐著問了幾句話，真凶便現了形。

可是除了真凶，動機和同黨又是如何看出來的？

「那晚前後門值守的公差、小廝、廚房下人和府中能經常外出的人，妳怎知他的同黨在這些人裡？」這回是魏卓之開了口。他知道廚房下人和送茶點的小廝可能是下毒者，但另外兩者是如何看出來的？

「猜的。」暮青道。

魏卓之：「……」

真凶的推論如此精采，同黨竟然只是猜的？

魏卓之嘴角一抽，表情有些怪，這姑娘該不是瞧他不順眼，故意不告訴他吧？

「前後門值守的公差只是猜的。」沒想到，暮青繼續開了口：「那晚並非他輪值，刺史府圍牆那麼高，他是怎麼進來的？他不是你，沒那麼高的輕功，不可能翻牆。剩下的途徑，要麼是前後門，要麼是密道。哦，或許刺史府有沒有堵上的狗洞也有可能。」

魏卓之嘴角再一抽，狗洞……

陳有良怒氣騰騰的眼神瞪過來，氣得呼哧呼哧直喘，刺史府乃朝廷官衙，怎會有狗洞！

暮青卻沒瞧兩人，而是掃了何承學一眼，道：「哦，不是狗洞。剛才我在說到狗洞時，他眉毛下垂，前額緊皺，眼瞼和嘴唇周圍肌肉緊張，鼻翼微張，下巴壓低。前三者代表憤怒，後兩者代表否定攻擊，表明他對我推測他鑽狗洞很憤怒，認為我羞辱到了他，想要和我理論。那便排除狗洞，他是走前後門或密道……」

暮青邊說邊又看了何承學一眼，「哦，是前後門。他在我說到前後門時目光轉向別處，出現視覺阻斷，並且拳頭緊握，出現緊張情緒。在我說到密道時又拳頭微鬆，並且重新轉頭看我，說明他認為我錯過了真相，心裡鬆了口氣。」

「這麼說，還真被我蒙對了，他是從前後門進的府。案發後府中一定盤問過那夜值守的公差，既然沒有人將他供出來，那便說明他們要不被收買了，要不本就是同黨。從他剛才的緊張情緒來看，同黨的可能性比較大。」

她一句接一句，現場推敲分析，說得太快，屋裡人隨著她一來一去地看何承學。步惜歡立在燈影人影裡，面容瞧不真切；陳有良怒容漸去，皺眉思索；魏卓之愈聽眸中神采愈盛。

「廚房下人和小廝許與下毒者有關，這我知道，府中經常外出的人裡有他的同黨，又該如何說？」暮青話音一落，他便追問。

「接頭人。」

「接頭人？」

「他那夜有進府之法，自然就有出府之法，殺人之後為何沒走？小廝每個時辰都會往公房裡送茶點，人死後很快就會被發現，那晚不是他輪值，他殺人後立刻回府，不會有人輕易去懷疑他這個別駕。留在府中，萬一被撞見，豈非讓人起疑？他冒險留下，總得有值得他冒險的理由。我唯一能想到的便是他要將密信給接頭人，密信的內容是他口傳的，為什麼不直接把信交出去，我猜是為了給自己留條後路。而那個接頭人既然在府中，他平時府內府外地傳遞消息，必然得是能經常外出的人。」

屋中又靜，聽她推理，很好理解，細一思卻叫人心驚。

今夜是她在問審，並非有人問，她在一旁瞧著。

她要根據受審之人的反應思量問話，心中細細斟酌誰是真凶，這已是耗費心力之事。她竟能在推斷真凶的同時，將這些下毒者、同黨、動機全都分析出來！

其實若知案情，細細分析，這屋裡的人都能做到，但難的是一心數用，同時推理！

這姑娘腦子怎麼長的？

「那動機呢？」魏卓之目光灼灼，迫不及待。

他迫不及待地想知道，這姑娘還能給人怎樣的驚喜。

暮青卻一挑眉，「魏公子的腦皮層灰質細胞間隔是否比銅錢孔還粗？」

魏卓之一呆，腦……腦皮？

「不要這麼懶，拜託思維活躍一下，這很好理解。」暮青皺眉。她曾在春秋賭坊見識過公子魏的經商才華，他定非愚笨之人，只是她這裡有現成的推理，讓他們都懶得思考。

暮青看了眼何承學，「下毒之事他知情，很可能他謀劃了此事。既然他們打算神鬼不覺地下毒殺人，最後卻動了刀，說明在死者身上發生了讓他們感到強烈威脅的事情，以至於等不到他被毒殺。這件事不是發生在案發當晚，因為那晚他是穿著便衣帶著匕首去的，說明他早有預謀。我的推測是，死者早就發現了刺史府內有別的勢力，但是他沒有告訴你們，而是以此為要脅牟利。對方也想從死者身上獲取你們的情報，但又不想永遠受他要脅，便密謀下毒。想榨取完死者，再叫他神不知鬼不覺地身亡。可是那晚死者突然被殺，我想一定是死者提出更加不合理的要求，有可能是他們被你們發現，所以他們才決定馬上動手！但是動手前，他們想最後榨取一次死者的情報，所以便有了那封密信。」

「我敢保證，那封密信的內容一定很重要！死者提出的要求愈高，他所給出的情報就必須愈重要。而且對方打算殺了他，這最後一次的利用，他們一定會竭盡所能地榨取。」

暮青回身，看向步惜歡等人，「去找那封密信！瞧瞧裡面的內容，消息已經傳給接頭人了，但如果你們能知道密信的內容，或許能來得及重新部署！」

屋裡卻一時無人說話。

真凶、下毒者、同黨、動機、密信去向，她不僅推測出了這些，竟連密信的內容都知道？

這些都是在她問審時，同時想到的？

無論這些推測能對多少，都只能讓人想到四個字。

令人驚嘆！

「我的推測對不對，找到那封密信就能知道，那封密信就在他府中的書房裡。」暮青道。

她該做的已經做了，剩下的就是他們的事了。

低頭一咳，暮青微微皺眉，說了一晚的話，她嗓子已有些疼了，現在她亟需休息。

她轉身便往門外走，轉身間不經意瞥見何承學，忽然止步，「別露出這種表情，我說要去書房找信，你露出這種冷笑的表情只會告訴我，你認為你知道得比我多，我並不了解整件案子的真相。那麼讓我來猜猜吧，密信在書房中，但並不那麼容易被找到，是嗎？那麼你藏在哪裡？密室？地板？書架暗格？都不是？總不會是藏書夾層吧？」

暮青忽然挑眉，愣了會兒，「真是藏書夾層？」

「好吧，藏書夾層。」她回身對陳有良道：「密信在他書房的藏書夾層中，派人去找吧。」

說罷，她便出了門，夜風拂著少年的衣袖，將她微啞的聲音吹進屋裡：「多派些人，他既然敢把密信藏在書裡，他的藏書量一定非常驚人。不要指望隨便翻一翻就能掉出一張密信來，你們大概需要把他的藏書裝訂線全都拆了，運氣好的話也許能找到過往的許多密信，但這意味著工作量很大，你們大概要忙到明早才能有所收穫。感謝何大人如此折騰你們，讓我可以安睡到明早。」

少年身影漸行漸遠，陳有良在屋中露出驚色。

他與何承學是同窗，對他的喜好頗為清楚，他的俸祿皆用在了藏書收集上，經史子集，官修私撰，他書房所藏雖與朝廷書庫不能相較，卻也相當驚人。要在他的書房裡尋幾封密信，確實不易！

她的推測分毫不差！

這時，暮青已走到院門口，開門前才想起什麼，回身問：「我需要休息，哪裡？」

話音落，屋中一道月色人影忽來，風姿若雲，卻有碾破夜空之勢。暮青只來得及瞧見那月色渡來面前，再一抬頭，頭頂已是一輪銀蟾似水，照著男子覆了面具的側臉微涼。

「去辦。」只聽步惜歡懶懶的聲線散在風裡，人已帶著她往刺史府後院處去。

過了明湖，便見掩映在海棠林深處的閣樓，到了院中步惜歡未停，半空中華袖一拂，二樓窗戶吱呀一聲開了，他帶著暮青便落入了屋中。

屋中桌上一燈如豆，燭光昏黃，卻照見梨木紅桌，華帳暖床。一落地，暮青便從步惜歡懷中離開，轉身道：「刺史府中雖已有人認出了你，但不見得人人知曉，你這般高來高去，實在不夠謹慎。」

步惜歡不言，只低頭瞧著她。月色臨窗，灑落男子肩頭，那容顏愈發瞧不真切，只聽他聲線微懶，夏夜風中融了暖意：「嗓子不疼？」

「疼，所以請陛下做些正確的事，讓我少說幾句話。」暮青轉身便往床邊走，她亟需休息。待到了床邊，轉身時見步惜歡正從窗口掠出去，她微微挑眉，這人還算自覺，不用她攆。

初夏夜裡風不算涼，暮青還是起身去關了窗，回來放了帳子和衣躺下。只是剛閉上眼沒多久，便聽窗子吱呀一聲，聲音極輕，她未睡著聽得真切，頓時袖口一翻，抓了薄刀在手，掀開帳子向外望去。

待瞧見屋中人，暮青一愣。

只見步惜歡立在桌邊，手中提著把玉壺，她掀開簾子時，他正在倒水。熱氣嫋嫋，光線昏黃的屋裡更瞧不清男子容顏，只讓人覺得那紫玉鎏金面具似不再那般涼。

暮青愣神時，步惜歡已拿著杯子朝她走了過來。

男子指尖如玉，奪了玉杯暖色，暮青望著他遞來的水有些愣愣。若非知道他的身分，她真的很難想像有一日大興帝君會為她端茶遞水。

「謝謝。」暮青伸手接過來，玉杯入手的溫度並不太燙，她垂眸一瞧，見杯中無茶，是杯白水。她低頭喝了口，水溫正好，不由又有些驚訝，為男子的細心。

「這可算正確之事？」頭頂，步惜歡聲音傳來，帶著低低笑意。他似乎並不需要暮青答話，在她抬眼時道：「餓了一晚了，廚房做了宵夜，一會兒送來，用過再睡。」

暮青又愣，抬眼。

「閣樓四周有人守著，可安睡。」步惜歡道：「前頭尚有事，朕先去，一早再來瞧妳。」

暮青看了他一會兒，頷首。她知道他有很多事忙，今夜她審出了真凶，善後事宜不歸她管，他卻要忙。其實她自己來閣樓休息也可以，他沒有必要將她送來，也沒有必要親自端茶送水，還去廚房吩咐宵夜。她今夜問審皆因兩人之間的交易，她本可以理所當然地受著，這般待她，倒叫她覺得心中有些虧欠。

暮青垂眸，待再抬眼，見男子已如一道月影，掠窗而去了。她喝了兩杯水，等了一兩盞茶的工夫，一名小廝送了宵夜來。

那小廝暮青識得，正是她在刺史府驗屍那晚被她支開去跟查凶手腳印的人。小廝瞧見她，目光有些彆扭，暮青知道大抵是那晚她的行事讓他有些不快，但她沒說什麼，只管吃她的宵夜。

走到桌前一瞧，不由一愣。雪白的芙蓉羹，上頭漂著層油亮，聞著香甜，應是蜂蜜。

芙蓉蜂蜜羹——養嗓子的。

暮青垂眸，脣邊不自覺地帶起抹淺淡弧度，昏黃的燭光映著，那笑微暖。

小廝退在一旁，見了有些驚訝。那晚驗屍，這姑娘清冷刺人，沒想到居然會笑。這事……覆命時得與陛下回稟。

暮青不管小廝心思，她喝了羹，又喝了杯溫水，見小廝將碗筷收走，便關了窗子去帳中歇息了。

這一夜，暮青睡著，刺史府前院卻折騰了一宿。

那夜前後門值守的四名公差被綁了起來，廚房的人和前院送茶點的小廝也都被控制住，由於暮青說那接頭人是能經常出府的人，而經常出府的人很多，侍衛、公差、小廝，都有可能。因此，刺史府的人一個也未用，魏卓之發了信命綠蘿帶了幫江湖人來，去了何承學府中。刺月部刺衛控制住了府中人，綠蘿帶著人進了書房找密信。

江湖人手快，女子們心又細，面對書庫般藏量的書房，一夜不停地拆書找信，天曚曚亮時，九封密信被遞到了刺史府。其中一封密信所提及之事正是近期的部署，應該便是那晚所丟的信了。

暮青所言，竟分毫未差！

陳有良捧著信進屋時，步惜歡正負手立於窗邊，晨光自天邊而起，男子望那天邊，氣度雍容矜貴。陳有良將信呈來，男子卻未急著看，只問道：「可服了？」

陳有良微愣，片刻後深深躬身，「臣，心服，暮姑娘確有奇才。但……」

他抬眼瞧了立在窗前的男子一眼，身子躬得更低，「但女子問案，始終不合禮法。臣以為……下不為例。」

「迂腐！」步惜歡回身，目光微涼，「朕問你，何謂國家，何謂家國？」

「所謂國家，先國而後家。所謂家國，先家而後國。前者乃大義，後者小義也。」陳有良道。

「淺論！所謂國，朕之義，良臣之義。所謂家，百姓之義。古來將士戍守邊關保家衛國，先保家後衛國，可見百姓心中，家之義重於國之義。朕之國，無家則無民，無民則無國。朕若不能保百姓家齊，何以論國治？」

陳有良抬頭。

「卿責女子問案，有亂禮法綱常，可思過她為何問案？若她爹在世，她的家不破，她會問你刺史府之事？你刺史府之事，朕之事，於她不過閒事！」

陳有良一僵，愣愣無言。

「古來男子為國，女子為家，乃為綱常。卿墨守禮法綱常，可曾思過，若有一日女子不再守家，皆因世事逼人？此乃天下男子之過，卿這刺史之過，朕之過！」

陳有良一震，撲通一聲跪下，伏在地上，悲愴疾呼：「陛下乃千古明君！是臣迂腐不化，臣之過！」

屋中未點燈燭，陳有良跪伏在地，削瘦的身形融在昏暗裡，微渺，微顫。

晨光漫進窗來，步惜歡負手望著地上臣子，半晌，道：「確是你之過，可還要辭官？」

「臣不辭！望陛下恩准臣追隨陛下，鞠躬盡瘁！」陳有良額頭緊緊貼著地，悲道：「臣定改了這迂腐不化的毛病，日後責人定先罪己！」

屋中無聲，陳有良跪在地上不起，不知過了多久，見一月色衣角停在他眼前，頭頂一道目光落下，他見不到，卻能覺出那漫不經心，那睥睨雍容。半晌，聽男子懶懶道：「起吧。」

「臣……謝陛下！」陳有良顫顫巍巍起身，以衣袖拭了拭面頰，垂著頭愧不敢抬。

步惜歡從他手中拿過那些密信，一張張打開來看，「都在這兒了？」

「回陛下，魏公子的人不眠不休查了一夜，只查了何承學府中半數藏書，想來還有。」

「查！今夜之前，給朕全數查出來！」步惜歡將信扔給陳有良，大步出了房門。

暮青醒來時，步惜歡已在屋裡。

窗開著，鶯啼海棠枝，屋中燭臺冷。男子懶坐桌旁，沐一身晨光，見她挑了帳子起身，笑道：「睡得倒好，朕進屋，妳竟未覺。」

「累了。」暮青道。自從爹過世，她未曾有一夜安眠，昨夜大抵是累久了，這才睡沉了。

步惜歡瞧著她笑了笑，「嗓子好些了。」

暮青這才注意到自己嗓子沒昨夜那般疼了，「密信找著了？」

「找著了，如妳所說，分毫未差。」

「那同黨……」

「不急，夜裡再來，天亮了，且先回宮。」

暮青聞言未再說什麼，這時小廝端了刷牙洗臉之物上了樓來，暮青轉進屏風後，眸光微有異動。她一番收拾，出來時道：「城南街有間福記包子鋪，回宮時可從那兒過嗎？」

步惜歡聞言微愣，話裡帶了關切：「宮裡的膳食用不慣？」

「我爹以前來汴河城，回家時常帶那家鋪子的包子回去，說是有時間會帶我去。我來汴河城有段日子了，還沒機會去過。」暮青垂著眸，清冷的容顏上覆一片剪影，添了心事。

步惜歡瞧著，忽然起身，牽了暮青的手便往樓下去。暮青一愣，手一縮欲收回來，只覺那手又握得緊了些。這一回，他沒以內力逼她順從，只握得緊了些。她能感覺到男子掌心的溫熱，那力道的堅定令她有些愣。

只聽他道：「走。」

下了樓去，馬車就停在海棠林外，兩人上了車，出了刺史府後門，馬車直奔城南。

到了福記包子鋪門口，暮青挑了簾子往外瞧，只見一家包子鋪竟頗講局面，一樓乃大堂，二、三樓瞧著似雅間，門口食客來來去去，絡繹不絕。

「走。」步惜歡牽著暮青便要下馬車。

暮青看了他一眼，他面上覆著面具，這般打扮，這般風華，下了車去定惹人注目。他的身分和如今的處境，如此高調總是不利。

「不必了。」暮青坐著不動，「叫小廝去買吧，帶回宮中吃。」

「回到宮裡便涼了。」步惜歡又坐了回來，笑著轉頭，定定瞧她。

馬車裡鋪著軟毯錦墊，松木小几，玉瓶繁花，愈發襯得她容顏清冷。男子瞧著，眸中帶起繾綣柔意，那懶散的聲線都不自覺柔了幾分，問：「擔心朕？」

暮青一愣，抬眼看他一眼，隨即轉開臉。

身旁傳來步惜歡低沉的笑聲：「讓朕想想妳昨夜說的，嗯？蔑視、羞愧、恐懼之時會不敢看人，那害羞時可會？」

此話一出，果見暮青抬頭，眸中似有訝色。

步惜歡瞧著，笑意更沉。

「察言觀色最忌將表情與動作分開，孤立片面地解讀，陛下！」暮青道。

汴河城離古水縣百里，爹以前買了包子，路上就算放在懷裡捂著，回到家中也已冷透了。他們從來都是在家中熱了再吃，所以她希望把包子帶回宮中熱一熱，她只是……懷念那種味道罷了。

只是，她沒有將這理由說出來。她進宮只幾日，宮內宮外，少見他真心笑過，這般開懷是頭一回見。

此刻時辰，回宮已是有些晚了，福記包子鋪在城南，回宮要繞一個大圈子，他未曾猶豫便帶她來了，如此待她，她便有些不忍說這傷他顏面的話。

「要麼帶回宮去，要麼不買，回宮。」暮青垂著眸。

馬車裡靜了會兒，她能感覺到男子的目光落在她身上，半晌，無奈一嘆：「好，依妳。」

「去買吧。」步惜歡隔著簾子對駕車的小廝道。

小廝下了馬車，一盞茶的工夫回來，手裡提著兩大包油紙包，估計著是一包肉包，一包素包。包子放去松木小几上，馬車便往宮中趕，從城南繞回城東，上了東街，馬車便慢了下來。

東街坐落著汴河城各級衙門，百姓們無事都不往此街上來，因此這街上平日裡人最少，今日前面卻有些熱鬧。人群裡三層外三層，將一處官衙口堵得人滿為患，馬車遠遠便慢了下來。

暮青目光微動，心中有數卻作不知，挑簾問道：「前方何處？」

步惜歡瞧也未瞧外頭，懶懶往軟墊裡融了，眸中微有涼意，道：「兵曹職方司衙門，西北徵軍處。」

第二章

我要從軍

暮青挑著簾子，眸底隱有慧光。

果然是西北徵軍處，總算被她找到在哪兒了！

這些日子她細思過，要離開汴河城並不容易，唯一可惜的便是西北軍！西北軍主帥元修乃元家嫡子，元家輔政多年，她若入了西北軍，步惜歡不想放她走，也得放她走。

只是這幾日她在宮中，即便出宮也是跟著步惜歡，沒有機會去尋西北徵軍處在何處，不過那日進美人司時，聽聞了西北軍和美人司太監們幹架的事，隱約聽聞兵曹職方司衙門與美人司就隔了三條街。

三條街，正是刺史府那條街，可她兩次進刺史府都是從後門而入，未曾發現兵曹衙門在何處。

暮青猜測可能是在刺史府西邊，她進宮出宮都從刺史府東邊走，因此無法經過。所以她今早才提出去城南福記買包子，轉一大圈再走東街，果然便見到了兵曹衙門！

衙門口的路堵了大半，百姓圍著正瞧熱鬧，不必看暮青都知道，定是美人司和西北軍又起衝突了。

馬車停了下來，小廝去讓人群讓路，衙門口的罵聲已傳進了車裡。那些罵聲不堪入耳，大多是方言，一道西北腔的罵聲最高，蓋過了所有人。「老子在西北，砍的是胡人的腦袋！你們砍的是自己人的男人根兒，太監就是太監，沒種！」那人高聲一罵，四周哄笑，圍觀的百姓皆憤憤附和。

西北軍戍守國門，乃大興百姓心目中的一支狼軍，主帥元修更是百姓心目中的英雄。美人司在西北徵軍處徵收美男子，激起的不僅是西北軍將士的怒火，還有汴河百姓的民怨。

暮青皺了皺眉，不知步惜歡為何縱容這些太監如此胡來。步惜歡融在軟墊裡，暮青轉頭望去時，他正閉目養神，彷彿未聽見外頭之言，一線晨光透過簾子落在男子眉宇間，落了涼意。

一會兒，小廝回來，馬車緩緩動了起來。暮青挑著簾子未落下來，她總覺得那西北腔聽著有些耳熟，馬車緩緩從人群後行過，暮青藉著人群的縫隙看進去，見衙門口一張長桌，一個漢子扶著桌子站著，一臉落腮鬍，本是平平無奇的粗人相貌，那身軍袍卻襯得人英武霸氣，只往那兒站著，便似叫人看見西北的烈風，殺人的寒刀。

暮青一愣，是他？

春秋賭坊裡被她贏了三千兩銀子的那漢子！

怪不得當時覺得他坐姿頗似軍人，原來真是西北軍將領！

她目光微動，待馬車行過衙門口便放了簾子，轉頭回來時已面色如常，瞧不出異樣。

步惜歡仍在閉目養神，一路都未再開口。暮青也非多話之人，馬車裡氣氛沉寂了下來，直到進了宮。

馬車進了小門就停了，下車來便見深長的宮巷，夜裡沉寂的宮殿依舊靜得不聞人聲，青天白日都顯出幾分死氣。暮青隨著步惜歡拐過宮巷便進了殿門，晨風拂過宮牆，吹在人臉上有些微暖，本該進殿去，暮青的腳步卻忽然一停！

步惜歡走在前頭，聽見身後腳步聲停了，不由回身，見暮青立在破舊的殿門外，眉頭緊皺。

「怎麼？」步惜歡走回去，「可是昨夜沒睡好，身子不適？」

暮青未答，皺眉掃了眼院子，半晌才抬頭，問：「你聞到了嗎？」

步惜歡一愣，「嗯？」

「這院子裡……氣味不對！」暮青倏地回頭，順著風吹來的方向掃了眼院子。她受過專業訓練，嗅覺很靈敏，剛才她絕對沒有聞錯，這風裡有腐敗屍體的味道！

這座舊殿院子裡未長草，明顯平日有人打理，但殿內外依舊破敗，院子裡青磚縫裡生著青苔，四周未置小景，只院牆角落裡種了棵老棗樹，樹後隱著口井。晨風吹過枝梢，若有似無的腐臭氣正是從那方向而來！

暮青目光往那井上一落，「那裡！」

她快步過去，見那井上蓋著方石蓋，邊緣有一指粗的縫隙。她使力一推，石蓋緩緩推開一道口子，裡面一陣腐臭氣撲面而來！身後忽然伸過一隻手來，拉住了暮青的手腕，將她往後帶了帶，卻也制止了她再推開井蓋。

但井蓋已推開了一道口子，晨陽斜斜照進去，照見一張白花花的人臉！

那屍體整個被埋在土裡，唯有臉部露了些出來，但臉已經沒了，上面遍布蠕動的蛆蟲，以一種恐怖的無聲的模樣訴說著慘死前的怨恨。

「別看了。」步惜歡在暮青身後淡道。

「不行！」暮青未回頭，盯著那屍身便道：「你需要查一查，我進宮那晚被你打入冷宮的齊美人可還在？」

身後無聲，只有那隻握著暮青的手力道微微一頓。

「你看見土裡露出的那方衣袖了嗎？跟我身上的衣袍質料一樣是緯錦！穿著這等華衣的人定是你宮中貴人，可人不見了，宮人總該來報你。你若不知那便只有一種可能，此人許是冷宮之人。可冷宮妃嬪按宮中例制，應該沒這麼高的供養吧？唯一可能的推測便是此人剛入冷宮！我入宮那晚是兩天前，你將一位齊美人打入了冷宮。」

「這人只有臉暴露在外，死因尚不能推斷，但他的臉很不對勁！麗蠅喜歡在陰暗潮溼的地方產卵，人死後，若面部暴露在外，鼻子、眼睛、耳朵跟嘴會成為絕佳的產卵地，蛆蟲會首先吃掉這些部位。但這張臉，各個部位看起來都被吃掉了，傷口也是麗蠅喜愛產卵的地方，這張臉很像是死前就被人毀了！」

「另外，這井的高度不對！目測只有兩公尺，哪有這麼淺的井？我可以下去將這屍體清理出來，找人翻翻下面的土，下面應該還有別的東西！」

暮青自顧自說著，許久都未曾聽見後頭有人回應，她這才回頭，見步惜歡正望著她，見她望來，他無奈笑嘆：「妳真是朕見過的最聰明的女子。」

暮青一愣，覺得他太鎮定了些，心中咯噔一聲，面色一變，「你……知道？」

步惜歡一笑，沒有隱瞞——「人是朕令人滅的口。」

暮青愣愣望著步惜歡，她知道，他沒有說謊。

「齊成是元家安插在朕身邊的人。」步惜歡懶懶倚去一旁的棗樹下，晨陽透過樹梢落一片斑駁在男子肩頭，風華染了幽暗，「朕身邊，眼線總是去了又來，殺也殺不完。朕在這帝位上坐了多少年，身邊就熱鬧了多少年。」

男子脣邊噙著的笑意有些嘲諷，樹下轉頭望向暮青，眸底幽暗裡有些不知名的情緒，「妳可覺得朕狠毒？」

「是。」暮青沉默了會兒，道。

樹下，風過處，男子華袖舒捲，忽似震了震。

卻聽暮青又道：「我不贊成殺人，那有違我所受的教育，但你所受的教育與我不同，所以我認為你狠毒不代表你有錯。你無需在意我的想法，我不喜歡將我的想法強加於人。我不贊成殺人，我自去做便可，不求別人也做得到。你即便做不到，我也不認為你有錯，只要這井裡埋著的不是無辜百姓，你便不會是暴君。」

樹下，男子華袖風中舒捲依舊，卻似又有微震。

道不同不相為謀，世人總如此。因道不同視對方為死敵的比比皆是，卻從未聽過有尊重別人的不同的。如此論調，朝中都未曾聽聞過。

斑駁遮著男子的眉宇，那眸底的幽暗卻漸漸褪去，換一抹明亮，勝了晨光。

暮青轉身往殿中走去，「我還以為宮中有案子要查，結果這麼快就找到了凶手，這凶手看來是辨不了了，那就回宮吧，我的包子冷了。」

她一路未回頭，步惜歡倚在樹下，見她進了殿，低頭一笑，那笑似初夏清晨裡的一抹淺陽，微暖，淺醉。他也一路進了殿去，未曾回頭，華袖舒捲間卻忽有暗風拂動，樹後井上石蓋無聲無息推上，一段慘烈的故事就此塵封。

步惜歡開了暗道，暮青跟在他身後進去，暗道關上前，她回頭望了眼身後破敗的舊殿，清明的眸底卻染上幽色。

步惜歡未撤謊，但他所言未盡。

若只是為了殺掉元家安插在他身邊的眼線，為何要毀去齊美人的容貌？他絕非那會做無用之事的人，如此行事定有目的。且那井下……究竟埋了多少人？

她雖未起開那屍體細查下方，但她總覺得那井下埋著的是層層白骨。有些案子像久遠的記憶，讓她想起了前世。

前世，她的同事處理過一件案子。一對變態的夫妻開了家旅館殺人劫財，埋屍的方法是在地底挖一個大坑，鋪一層屍體，抹一層水泥，再鋪一層屍體，再抹一層水泥……案子偵破的時候起屍，四十多具屍體像住在地底蓋起的樓房裡，現場令人後背發毛。

步惜歡殺這些冷宮男妃，毀去容貌，定非出於變態心理，他的目的定不簡單！而元家，自步惜歡登基起便輔政的功臣之家，又為何要往帝王身邊安插男妃？太皇太后不是因帝好男風之事氣病了好幾回？既如此，為何又要送男妃來行宮？這是望帝浪子回頭還是怕他不夠昏庸？

暗道的入口緩緩關上，彷彿關上了皇權背後的血腥。暮青皺著眉，最後望了一眼，轉頭離去。

與她無關，她就要離開了。

暮青帶回來的包子是由內廷總管太監范通拿下去熱的，這老太監雖一副死板面孔，但應是步惜歡的心腹。這等從宮外帶回來的吃食也只有他有法子不讓人起疑。

包子熱好了送來後，暮青去了乾方殿中與步惜歡一同用膳。

他夾了只包子嘗了口，品評：「嗯，果真不如新鮮的好，不過別有一番味道。」

暮青挑眉，帝王所用膳食，莫說過夜，便是過一、兩個時辰都是不吃的，他能吃出這回鍋包子別有一番味道？她見步惜歡眉宇舒展，脣角含笑，哪裡是包子好吃，他分明只是心情好。

這時，有內侍太監進殿稟道：「啟奏陛下，孟蘭亭外，眾位公子已候著了，新入宮的謝美人為陛下備了曲子，您昨日口諭，說今日要去聽的，眼下正是時辰了。」

暮青聞言挑眉，新入宮的謝美人？那個美人司裡跟她一同住在東殿，塗脂抹粉的草包謝公子？

「知道了，叫他們候著！」步惜歡的笑意淡了淡，剛吃了一口的包子頓時放在了碗裡，沒了興致，抬眼看向暮青時，那眸中涼意又換了柔色，「朕有事，妳且歇一日，晚上朕再來。」

暮青瞧他神色，微微愣了愣，別人瞧不出他的喜怒來，她卻瞧得出，太監來傳話時，他分明露出厭惡的神色。那神色是在太監說眾位公子時便露了出來，並非針對謝公子，更像是針對所有男妃。

他根本不好男風？

那為何廣選天下男色，做出一副好男風的荒淫無道之態？

這行宮，這皇權，果真好深的祕密……

而她要暫離這段祕密，遠行，去做她應該做的事。

步惜歡一離開果然又是一日，再來時已是晚上。

暮青已準備好了，兩人從合歡殿出宮，直奔刺史府。

刺史府大牢中，暮青見到了被嚴密看押的何承學。人未受刑，陳有良不算笨，知道她要察言觀色以揪出何承學的同黨，沒把他打得鼻青臉腫，人只用鎖鍊鎖了起來。

刺史府中的侍衛、小廝，包括那晚未審問到的文官都被帶入了大牢，一個一個地在何承學面前過。

暮青只問一個問題：「此人是你的同黨嗎？」

何承學閉上眼，並不配合，暮青索性命人將名單抄來，人不必他看，只念名字給他聽。一個時辰，人便審完了，共揪出同黨八人，侍衛、小廝、文官居然都有！

何承學府上書房裡，聽聞經過一日的細搜，又搜出不少密信。暮青審完人後，步惜歡就去了刺史府前院。

暮青如同昨夜一般在閣樓中歇息，卻未如昨夜一般入睡。她喚來小廝，要了易容之物，小廝雖覺得古怪，卻未為難她，只在她易容時在一旁盯著，似怕她像驗屍那晚似的，忽然逃跑。

暮青卻未有異樣舉動，易容過後便上床睡了。

次日清晨，步惜歡來時便見她一副粗眉細眼的模樣，與那晚春秋賭坊中相見時的樣貌一樣。

暮青道：「昨日帶回去的包子味道不是很好，我想去嘗嘗新鮮的，這樣不引人注目。你要不要也易容一下？」

步惜歡聞言，這才笑了，「朕以為是何事，何必易容？那家鋪子是百年老店了，有後院，叫小廝把馬車趕去後院，咱們從後面進便可。」

「你不早說。算了，還要趕著回宮，就這樣吧。」暮青道。

「妳又未跟朕提過。」步惜歡懶懶一笑。

「我查完案子你就走了，我哪來得及？」她理由很充分。

她這副辯駁的模樣倒惹了男子沉沉笑意，抬眸時，他眸中繾綣溺人，無奈牽了她的手，「好，朕的錯。妳願如何便如何，走吧。」

暮青這回沒將手往回收，只跟在後頭下了樓去，一路低著頭，眸底神色晦暗不明。

馬車行出刺史府後門，這回卻停了停，簾子一掀，魏卓之竄了上來，本是欲讓馬車捎帶他一程，聽聞暮青要去福記包子吃早點，他便也叫著要一起。

三人從福記後門而入，那老闆似認得魏卓之，笑請三人入了雅間。

用過早點後，馬車往宮中趕，走的依舊是昨日的路，路過兵曹職方司門口時，圍觀百姓如昨日那般堵了路。西北軍的將士與美人司的太監對罵不停，比昨日還要難以入耳，小廝又下馬車去趕人，暮青一掀簾子，跟在小廝後頭下了馬車。

步惜歡和魏卓之都一愣，前頭的小廝聽見後頭有聲響回頭，見到暮青時也一愣。

暮青撥開人群便進了那罵戰的圈子，步惜歡未易容，不好輕易下車，只得挑開簾子一角對小廝道：「看著她，莫讓她跟人起衝突。」

小廝得令，馬上跟住暮青進了人群，那群西北軍將士當街指桑罵槐，明著罵美人司，暗裡罵陛下，他以為暮青是聽不慣要為陛下抱不平，哪知她撥開人群，經過美人司的眾太監，經過西北軍的眾將士，一路未停，直奔那衙門前立著「徵軍」大字的桌前，從懷中掏出一張身分文牒來，往那桌上一拍！

啪！

那一拍，太俐落，太果決，聲音太脆！

圍觀的百姓靜了，罵戰停了，人群刷刷抬眼，直望向那徵軍桌前立著的少年。

聽少年鏗鏘有力道：「我要從軍！」

西北軍副將魯大張著嘴，下巴差點掉下來，盯著面前少年。

人群之外，馬車的簾子刷一聲被掀開，圍觀的人群遮了少年的背影，亦遮了男子陰沉變幻的臉。

魏卓之手中的扇子啪嗒掉到馬車軟融融的錦毯上，語不成句：「她……她……」

小廝驚住，反應過來後上前便要去拉暮青，忽聽魯大一聲大笑！

「哈哈！是你小子？」

「將軍不會不收我吧？」暮青笑了笑，道。

「老子是那等小氣之人？你沒跟老子玩夠三局，那三千兩老子都痛快給你了，今日你要隨老子去西北殺胡虜，老子會為難你？不過，老子可告訴你，練兵時老子可不會顧念舊情，不然上了西北，你就得死在胡人刀下！要是怕死，這身分文牒你就拿回去，今兒就別進這兵曹衙門的門了。」魯大看向暮青，目光如刀，似西北割人的烈風。

暮青眉頭都未動，轉身便跨進了兵曹職方司的大門。

人群靜了靜，魯大大笑一聲：「好！有骨氣！」

他扶著被軍棍打腫的屁股，一瘸一拐地追進去，搭著暮青的肩膀，一路絮叨叨：「你小子這身袍子不錯，贏了老子的錢拿去逍遙光了才來報名參軍的吧？你倒是聰明，到了西北，銀子確實無用，整日除了操練便是殺胡人，連個鎮子都見不著，更別提他娘的女人了！」

「你來得還算及時，再過半月，新軍便該開拔了。」

「你在這衙門裡先待著，過了午時有人送你們出城，城外百里是新軍營。」

「別指望老子會關照你，軍中最瞧不起的就是這！在軍中想出頭就一條硬道理——誰砍的胡人腦袋多！你這小身板，到了軍營要好好操練。」

魯大搭著暮青，絮叨著遠去。

少年漸漸消失在人群的視線中，背影毅然，決絕。

一路，未曾回頭。

行宮，乾方殿。

殿門緊閉，殿外侍衛目光鋒銳如刀，宮人們垂首立在殿外，喘氣都不敢大聲。

陛下將自個兒關在宮中一日了。

沒人知曉何事觸怒了龍顏，只知昨夜陛下與周美人一同往合歡殿共浴，清早出來，殿中唯有陛下一人，周美人不知去了何處。許是侍駕不周，失了帝寵，夜半被打入了冷宮。

可似乎無人見到周美人從合歡殿中出來，被帶往冷宮。

周美人的失蹤很蹊蹺！

但無人敢提此事，亦無人明說，宮中最忌明白人，明白人都活不長。

陛下一日未曾傳膳，內廷總管太監范通都未敢進殿勸駕，只拉著張死人臉杵在宮門前，像立了支竿子，日頭照著他，人影長了短，短了長，直到大殿廊下點了宮燈，人影著了燈彩。

一名宮女忽然急匆匆行來，打破了這一日焦心的沉寂。

「總管大人！」那宮女撲通一聲跪在殿門前的龍階下，宮人們未敢抬眼，但聽那聲音應是西配殿侍候周美人的女官彩娥。

彩娥將一物高舉過頭頂，手有些抖。范通陰沉沉的眼神掃來，在那物件上一停，走下臺階來接到了手中，目光一落，眸中有異色跳了跳。

那是封私信，白紙疊成的信封上寫著五個字——步惜歡親啟。

陛下的名諱，這世上敢直呼的未有幾人，怪不得彩娥如此驚顫。

「何時發現的？」

「方才，奴婢收拾殿中時，在周美人的枕下發現的。」

范通拿著信便上了臺階，身子一躬，尚未開口，殿門刷地敞開，殿中未點燈燭，一道紅色人影立在暗處，只見伸手奪了那信，三兩下打開。

信中字跡清秀，筆鋒婉轉處見龍飛鳳舞，不似女子般的娟秀，倒見卓絕風骨，灑脫飛揚，世間許多男子不及。

「步惜歡，古之欲明明德於天下者，先治其國，欲治其國者，先齊其家，欲齊其家者，先修其身，欲修其身者，先正其心。心正而後身修，身修而後家齊，家齊而後國治，國治而後天下平。此去西北，不知歸期，望君珍重。」

信簡短，關於自己的事只寥寥幾字，見信如見人，若無案子，她總是如此寡言。

男子的目光落在那「不知歸期」上，宮燈彩燭照了墨跡飛舞的留書，那一片彩影豔紅靛青，似誰複雜的心緒，不肯散去。

不知多久，男子紅袖一垂，那墨跡掩入袖中，人如一道紅雲，忽然縱出華殿，掠長空而去。

暮青午後被送出了城去，隨她一同出城的有百來人，都是從汴河城入伍的西北新軍。

這些人多數是少年，舊衣爛鞋，一瞧便是窮苦人家出身，暮青是唯一一個穿著華袍的，一路上惹了不少目光。

大興等級制度森嚴，士族門閥興盛，官員選拔仍依照門第，朝廷重要官職被少數門閥世家壟斷，上品無寒門。此乃建國之初高祖大封功臣所致，當時造就了一批門閥世家，這些世家成為累世公卿，門生故吏遍布天下，子孫承家學，為官入仕極易。經六百年，形成了世代為官的門閥大族，造就了大批奢侈淫逸之徒，士族奢侈之費，甚於天災，六百年興盛的皇朝已聞見了腐朽的氣味。

寒門庶族子弟則需拜入士族門下，或為客卿，或為門生，由士族舉薦為官。若不行此道，要麼一生與仕途無緣，要麼棄筆從戎，身赴邊關，拚上性命搏一段生死不知的前程。

兩個階級坐不同席，嫁娶不通婚，等級極嚴。

少年們雖不識暮青身上的緯錦，卻瞧得出她衣衫料子名貴，路上便離她遠了些。

暮青本就是清冷寡淡的性子，無人結伴反倒覺得清淨，百里行路，到了軍營時已是夜深。新軍駐紮在岷山下，營帳燈火繁星般鋪開在眼前，那一番延綿壯闊之景令人心驚，一眼望不到頭，只覺有數萬之眾！

送暮青等人前來的是名小校，膚色被西北的風颳得黑黝黝的，笑起來眼睛很亮，「兩月不到，新軍就徵報了近五萬之眾，江南也有不少好兒郎哩！」

他將牌令遞給牙門守將，帶著眾人入了軍營。

新軍營夜裡喧鬧得緊，全無鐵軍之相。小校領著眾人來到一處軍帳前領軍服，每人兩套，外加兩雙鞋子。發軍服的那小將大抵是發多了，練就了毒辣的眼神，瞧人一眼便知尺碼，沒耗多少工夫，百來人的衣衫鞋子便都發完了。

安排編制時更簡單，五人一伍，隨便將人撥豆子似的撥在一起，分了營帳便趕人入帳歇息了。

暮青入帳前感覺有人拉了拉她的衣袖，回頭見那小校對她笑著眨眼，她便停了腳步，留在了帳外。

「臨行前魯將軍不讓咱照顧你，軍中不認人，只認拳頭，魯將軍若照顧著你，更有人不服你。你可別怪他，入了這軍營，你得靠自個兒。還有，明天晨起便有操練，西北戰事緊，新軍到了西北要上戰場，路上會邊行軍邊操練。」那小校小聲道。

暮青聞言點了點頭，帳外燈火映得她眸底微暖。

「謝將軍指點。」她道。

那小校被稱作將軍，不好意思地撓撓頭，臉竟有些紅，「可別叫我將軍，魯將軍若知道了，該踢我屁股說我裝大了。」

暮青淺淺笑了笑，便進了帳。

帳中四個漢子脫得赤條條，正嘻嘻哈哈換軍服，順道遛鳥。暮青也不避開視線，人體構成都一樣，躺在解剖臺上的她見多了。

新軍營帳條件簡陋，地上只有五張草席鋪著。暮青最後入的帳，中間的好地方都被人挑完了，留了個靠帳子邊的席子，漏風不說，江南雨多，夜裡還捎雨，根本沒法睡人。

暮青並不在意，抱著衣服鞋子便放去了那席子上。轉身時見那四個漢子已穿好了軍服，年紀氣度皆不同。

一人年紀大些，約莫有三十出頭，是個壯實漢子。其餘三人皆年輕些，一個黑臉小子，一個白面書生，還有一人穿著軍服頗有武將氣度，相貌俊秀，目光鋒銳。

壯實漢子叫石大海，祖籍江北，家中田地被山匪占了。縣衙剿匪不利，一家老小日子過得苦，聽聞到了邊關砍胡人腦袋可領例銀，這才來西北從軍。

黑臉小子叫劉黑子，家裡以打漁為生，官府漁稅重，河裡又有水匪，他爹娘去得早，兄嫂養不起他了，便攆他出了家門。這少年也是個有骨氣的，人雖醍醐，卻有一腔報國志，竟來從軍了。

白面書生叫韓其初，寒門子弟，文人出身，從軍是想謀一軍中幕僚。

那武將氣度的俊秀少年叫章同，和韓其初是同鄉，父輩乃武將出身，家傳槍法頗為精妙，只是為朝中奸人所害，家道中落，這才去西北謀出路。

四人各報了家門，暮青卻只道：「古水縣，周二蛋。」

她話簡，四人聽了卻都嘴角抽搐，眼神古怪。

二蛋，狗娃，這等村野之名本也沒什麼，只是一個華服少年叫這名字，反差之大實在叫人覺得古怪。

韓其初擠出笑來道：「在下不才，熟讀縣誌，頗好地理民風之學，古水縣似乎未曾有周姓大族。」

「平常之家。」

「可兄臺這身衣衫，在下若沒看錯，應是緯錦。」

「賭來的。」

四人驚詫，竟是如此？

怪不得，士族公子憑家世便可為官，哪會去那西北苦寒之地吃苦拚命？即便是從軍，也絕沒有從普通兵卒做起的。

世間敢如此作為的士族公子，怕是只有元大將軍一人。

那中年漢子和黑臉少年神色頓時鬆了些。

章同卻冷笑一聲，嘲諷道：「既然如此，何必華衣加身？穿一身華服，也終非士族，還叫別人誤會，反不敢接近！」

韓其初忙打圓場，「周兄見諒，章兄爽直，並無針對之意。」

暮青拿了套軍服鞋子，提了角落裡的一只銅盆便往帳外走。

韓其初問：「周兄要出去換衣？」

「帳中有狗，不敢接近。」暮青冷道。

帳中一靜，不知是誰沒忍住，噗噗笑出了聲，章同怒吼著要衝出來，被韓其初攔了住。帳中鬧哄哄一團，暮青已去得遠了。

新軍依山紮營，山林近在眼前。

暮青出了營帳，未走多遠便入了林子，本想去林深處換衣，卻聽聞前方有水聲，便端著銅盆走了進去。

月色清冷，落入清溪，波光細碎，林深靜好。

暮青見溪邊有一石，便端著銅盆走了過去，石後乃淺灘，她四處瞧了瞧，見林中無人便解了衣帶。

月色照石，不見石後少年，卻見一道人影落在淺灘，纖柔若天上舞，哪是少年影，分明是紅妝。

暮青初來軍營，尚不知這林子有無人會來，因此不敢解盡衣衫，只解了外袍，俯身便去面前的盆子裡拿軍服。指尖剛觸及銅盆，她動作忽然一頓！

銅盆裡，一道人影遮了月色！

暮青一驚，身子未起，藉著垂手之勢便彈出一片薄刀，抬手便射了出去！

刀光刺破月色，風裡咻的一聲，起勢凌厲，去勢無聲。

暮青抬頭，見一人自溪邊行來，一步一步，漫不經心，衣袖卻染紅了清溪，恍若一路踏血，偏那聲音懶得若天邊雲：「愛妃好計策，朕心甚服。」

暮青驚住，盯住來人，一時無聲。

步惜歡？他怎會在此處！

岷山離汴河城外百里，他天黑才可出宮，此時已是深夜，他能來到百里之外雖有可能，但此處畢竟是軍營，他如入無人之境也倒罷了，怎能恰好在林中尋到她？

步惜歡噙著笑意走來，眸中卻寒涼如水，眉宇間落一片輕嘲，指間一抹雪色寒光，正是暮青方才擲出的那把薄刀。

暮青未動，未曾想過逃離，她知道逃不掉，驚過之後便冷靜了，冷嘲哼道：「陛下一手尋人的好本事，臣之心也甚服。」

「呵。」步惜歡懶懶一笑，人已走來她面前。

她就立在他面前，身後有石，退路已無，而他在她身前，看得見她，搆得著她，這令他莫名心安。

他還是喜歡這等能掌控的感覺。

他笑著伸手，挑起她一綹髮絲繞在指尖，那般輕柔繾綣，眸中卻只有寒涼，「朕不遠百里來尋愛妃，愛妃可驚喜？」

暮青望著步惜歡，冷笑一聲：「行了，不必繞彎子。你想怎樣，說吧！」

「朕想怎樣？」步惜歡眸中寒意似結了冰，笑意淡了去，「朕還想問妳，妳想怎樣！」

「如你所見。」暮青道。

步惜歡一笑，似被氣著，「如朕所見，西北從軍？朕倒不知，女子也可從軍。」

「女子既可問案，自然也可從軍。」

「是。朕以前不知女子可以問案，如今也知道了，所以，妳是一直在讓朕長見識，嗯？」步惜歡又笑，似被氣得更狠，「妳可還記得與朕之間的約定？」

「記得，只是已兩清。」

「兩清？」

「難道不是？」暮青直望步惜歡，目光坦蕩，毫不躲閃，「陛下給我提示，我替陛下辦事。兩次提示換兩件事，顯然已兩清。如今我不再需要陛下的提示，為何還要留在陛下身邊？」

男子似乎震了震，眸中隱有痛色，為那「不再需要」四個字。

暮青將自己髮絲從男子指間拽出來，望一眼地上銅盆裡的衣衫道：「勞煩陛下讓一讓，臣要穿衣。」

她外袍已褪，只穿著件中衣。那中衣尚是宮中的，絲薄淺透，細碎波光映上那衣，隱見少女胸前束著緊帶，玉般身體月色裡纖弱柔美，容顏卻偏清冷刺人。

步惜歡望著，一時神情竟生了恍惚。

恍惚間，暮青忽然牽了他的手。少女的手溫香軟玉般，他這幾日時常牽著，她不想掙脫已是難得，如此主動見所未見。

步惜歡又一愣。

這一恍惚一愣的間隙，暮青手上忽然使力，按著他的手便向他刺去！

他手中尚執著她的刀，只方才因她突來的主動忘了，如今那刀由她送入他懷中，步惜歡眸光一寒，手腕忽然一震！暮青手心一麻，本該鬆手，她卻強咬牙力一聚，將那刀往前斷然一推！

男子眸中逼出凜冽寒光，未見他如何動作，只聽錚一聲刀子鏗鏘落地，暮青手腕一痛，脖間一緊！步惜歡大怒，忽然伸手，掐住了她的脖子。

「妳想殺朕？暮青！朕可薄待過妳？」步惜歡手上力道倏然收緊，平日裡那一副漫不經心雍容懶散，此刻盡去，竟是動了真怒。

暮青面色漲紅，卻目光未動。她沒想殺他，只是想傷了他的腿好趁機退走，沒想到他反應太快，手一縮時那刀已到了他胸前。不過，她想傷他是事實，所以她不辯解。

少女盯著男子，分明已虛弱無力，那雙眸子卻依舊含著倔強，只是對視，他便能看清她不打算辯解，亦不打算求饒。

那倔強燒了他的心，灼了他的神智，他忽然手一鬆，往上一送，捏了她的下頷，俯下頭去！

月色忽然變得柔暖，風也淺柔，那是一道他從未開啟過的風景，彷彿見竹林幽幽，清溪潺潺，有魚兒在溪中游竄，那般柔軟。他恣意追逐，恣意翻攪，似要將那忽然離去，那不知歸期，那摧刀相向，那一腔痛了他亂了他的不知名的情緒都還給她。

暮青驚住，鼻息唇齒皆是淡淡的松香氣，那香淡雅，卻似狂風暴雨捲入林，她在那狂風裡單薄難立，只得隨風飄搖，體會著吹打零落的肆虐。

月色很柔，林中似也多了香甜的氣息，他與她的交鋒卻在這柔和之外，似細碎波光，凌亂。

那凌亂不知所起，亦不知所終，只知山林深遠，清風送來，他擁她入懷，不見容顏，只聞痛聲：「為何如此？」

暮青猛地一醒，「步惜歡！你發什麼瘋！」

她將他推開，眸中竄起怒火，灼灼燒人。

男子氣息尚浮，愣愣望她，那眸中痛意與眷戀交織，如此真切，令她一震。

他……

何時之事？

暮青有些愣，心忽覺有些亂，不知是怪自己一直未覺，還是有別的情緒，她只轉開臉，那本欲出口的怒斥竟換了番言語：「我……沒想殺你，只想離開。」

男子靜立無言，紅裳隨風如雲，明波欲染，卻被那紅裳映紅，隨波一去千萬里，痛意無邊。

「離開？」許久，他終問：「妳就這般想離開？」

「想。」她道。

這般乾脆，叫他怒笑，竟覺一口悶氣窩在胸間，憋悶難言。

「不想為你爹報仇了？」

「想。」

「那為何！」

「為何？陛下應該知道啊。」暮青望著步惜歡，「自我查凶起，步步艱難，處處碰壁，勢單力孤，終不得不受制於陛下。」

「……」

「我爹的死疑團重重，先是陳有良，再是柳妃，後是太皇太后，愈查愈深，真凶不明！但可以肯定，那凶手絕非我如今能殺之人。既如此，留在陛下身邊，查出真凶後又如何？難道要陛下幫我報仇？」

「……」

「陛下給我殺父凶手的提示，我為陛下辦事以作交換。若陛下幫我報仇，我又能拿什麼來交換？」

「……」

「天子之怒，伏屍百萬，流血漂櫓。庶民之怒，伏屍兩人，血濺五步。陛下一怒可叫天下人作陪，庶民之怒不過自己與仇家兩條性命，但便是這兩條性命，也是庶民的血性。我寧賠上自己的命，也要親手為我爹報仇！可我勢單力孤，何以報仇？我只有一條去西北的路，拚上一條性命去掙那軍功，回朝受封之日，便是我能憑一己之力查出那凶手之時！那時，千萬人阻我，我亦能取他首級！」

山林幽深，少女字字鏗鏘，男子聽著，望著，震色漸替了怒容，換一副陌生神色，似今夜才識清她。

她連要她性命的水匪都不忍殺，卻忍心決然離他而去，當著他的面走遠，一路不曾留戀回頭。她為他肯薰啞嗓子，卻不肯忘記那場交易。她查凶問案世間獨有，綱常難容，他容她，她卻覺得他困了她。

他終是錯看了她，以為她心軟，以為她重情，卻未曾看清她性情中帶著的那幾分決絕、堅韌與驕傲。

他未看清，那忽然離去，那不知歸期，那攥刀相向，卻痛了他，告訴他情未覺已深。

步惜歡閉了閉眼，月色清冷，照見那容顏不似人間色，卻落了人間苦，「妳可知道，西北是何去處？大漠荒原，杳無人煙，五胡滋擾，狼群相伴，風暴流沙，多少將士埋骨風沙，活不到披甲入京當殿受封？妳若留在朕身邊，尚有一日能知殺父真凶，若執意去西北，許餵了狼腹，祭了胡刀，葬了流沙，一去不回，再無可能知道殺父真凶，為妳爹報仇！如此，妳還願去西北嗎？」

少女的眸清亮如星辰，一望見底，只一句話：「不懼千難萬險！」男子一震，霎時無言，許久又閉了閉眼，長嘆：「妳……果真如此驕傲。」

世間不願依附男子的女子，心比天高，比兒郎驕。

「走吧！」步惜歡忽然轉身離去，如同來時那般沿著溪邊遠去，亦如同她今晨離去時那般一路未曾回頭，但他終是輸了心，紅袖舒捲翻飛間，夜色裡四道寒光落在溪邊，細一看，竟是三把長柄薄刀！

那是暮青的解剖刀，剛剛她刺步惜歡的那把落在她腳下，遠處那三把刀是賭坊贏錢那夜她留在巷子裡的，他的人拾回去的，她曾在刺史府那夜見過，他一直未曾還給她，今夜竟還了她。

「活著回來！」男子的雍容微涼的聲音隨夜風送來：「妳若埋骨西北，這天下便伏屍百萬！」

暮青望著前方，見那男子如一團紅雲漸逝在林深處，她久久未曾收回目光，不知靜立多久，輕喃一聲：「多謝。」

她以為他今夜會強帶她回去，沒想到他放了手。

暮青垂眸，出營帳的時辰太久，她不能再耽擱了。壓下心中諸般情緒，她將那銅盆裡的軍服拿出來穿好。軍中服制也有中衣，暮青未脫去身上那件薄衣，直接將那身軍服的中衣和外袍都穿上，鞋子也換好，這才走去遠處溪邊拾回那三把解剖刀，綁回袖中，重新湊齊了一套。

她未再望那林深處，端著銅盆便出了林子。

而那林深處，男子一直停在那裡，直到見人走了，才道：「月殺。」

林中，一道黑影落下，無聲無息，跪在了步惜歡身後……

暮青回到帳中時，韓其初鬆了口氣道：「周兄回來就好，新入軍營，軍中帳子甚多，咱們還以為你找不回來了，正打算去尋陌長來。」

大興步兵編制，五人一伍，十人一什，百人為陌。伍有伍長，什有什長，陌有陌長，各自帶領著手下的小隊。原本他們這五人裡應有一人為伍長，但因五人都是新兵，未曾操練，也未有軍功，便沒有升誰當伍長。西北徵軍時顧乾老將軍和魯副將帶了一支三千人的隊伍來江南，這些人便被安排暫帶新兵一路。

韓其初所說的陌長便是西北軍的老兵。

「腹瀉，林中解手去了。」暮青低著頭，走到自己席子旁把銅盆放下，盆子裡滿是枝葉和青草，暮青將帳子縫隙處鋪上一層青草，蓋上一層枝葉，再鋪青草，再蓋枝葉，直到將縫隙填得滿滿的，又將那緯錦華袍往上一塞，縫隙處不僅密不透風了，瞧上去還挺好看。

暮青的熟練俐落讓石大海和劉黑子徹底鬆了口氣，士族公子錦衣玉食的，哪會這些？再瞧她換了軍服後粗眉細眼，臉黃身薄，還真是窮苦人家的少年。

章同已歇下了，暮青收拾好後也躺了下來，見她不好相處，韓其初三人便沒再多問，想起明日要晨練，三人便也早早睡了。

新軍營卯初晨練，校場簡易，新兵摸不著刀槍，到了校場只有馬步、負重、長足。

長足便是跑步，步兵需善走，足輕如奔馬者才屬精兵。

沙包綁在腿上繞著校場跑，馬步、舉石、長足，輪換操練。新兵大多是窮苦出身，便是削瘦單薄的少年也有把子氣力，但一日的操練下來，所有人都像泡了水，溼透了。

到了晚飯時分，新兵們又累又餓，卯足了氣力往開飯的地方奔，暮青卻走在最後，故意放慢腳步，待與同伍那四人隔開後，才低著頭悄悄退出人群，摸回了營帳。

回到營帳，她拿了套乾爽的軍服，端著銅盆便偷偷入了昨夜那林子。正是開飯的時辰，各營帳裡都沒人，暮青很容易便入了林子。直到進了林深處，她才抬起頭來，深呼吸。

這一日有些險，操練強度頗重，出汗也厲害，她臉上的易容有些撐不住。她的膚色是拿藥草染的，雖不至於一出汗便化，但若每日都出汗這般厲害，怕是撐不住幾日。還有這眉，出汗尚能撐住，若哪日雨天操練，非現了原形不可。

暮青的易容術是跟古水縣一位老匠人學的，爹是仵作，驗屍時常能遇上些企圖用江湖手段脫罪的，因此他識得些江湖賣藝般的手段，也認識些以此道謀生的藝人。這些淺藝去賭坊倒不怕被識破，但軍中操練強度太高，她擔心維持不了幾日。

軍中只有醫帳裡有藥草，西北軍有隨軍的軍醫，如今去軍醫帳中的多是些得了痢疾暑熱的新兵。這類病不是想得就能得，倒是操練時擦碰傷可有，如此倒可去醫帳中尋些草藥。如此行事雖然有險，但也是眼下唯一可行的法子。

暮青打定主意便端著盆子衣衫出了溪邊，她女子之身，從軍多有不便，沐浴更衣必須尋些不惹人注意的時候。她想過深夜出來，但章同對她有些成見，且他習武，耳聰目明，夜裡要瞞過他出帳子不容易，唯有吃飯的時辰合適。

只是如此，她每日都要少吃一餐了。

軍中操練重，時日久了身子必定扛不住，但眼下也無他法。若想沐浴更衣和用餐都有保障，除非有自己的軍帳。以大興軍制，都尉才可有單獨的軍帳，都尉乃營的長官，下轄五屯，率兩千五百人。

暮青端著銅盆走去溪邊，望對岸山林，夕陽將溪水染成金紅，映得少年眸光也亮。

立功升將，身居高位，這是能隱藏和保護自己的最好方法。

將目光從遠處收回，暮青蹲下身子照著溪水檢查了下臉上的易容，發現除了操練勞累讓臉頰有些紅外，目前並無不妥。她這才鬆了口氣，走去昨夜換衣的那大石後，打算擦擦身子，換身乾爽衣衫，趕在晚飯時辰結束前回營帳。

蹲下身放盆子時，暮青忽然一愣——那石下縫隙裡，有樣東西！

這大石立在溪邊，雨季時溪水漲落，石頭底下圓滑溼凹，那東西就塞在凹處，是個油紙包。

暮青愣了會兒，她觀察力向來敏銳，昨夜天雖黑，但有月色照溪澗，這石下若有異物她不可能發現不了。那便是說，這油紙包是今日塞在此處的。

她伸手將那油紙包抽了出來，三兩下打開，又一愣。

紙包裡四樣東西——一張人臉面具，一盒藥膏，一個饅頭，一包滷肉。

新軍五萬之眾，紮營在這岷山下，這附近營帳少說有千人，暮青不敢保證只有她會來此處林子，自然也不敢保證這油紙包就是給她的。但當她打開，看見裡頭的東西，她忽然便知，這是給她的！

這軍營裡除了她，有誰需要易容？

有誰知道她會不惜弄傷自己，入醫帳偷草藥？

又有誰能猜出她會少吃一餐，擇在飯時入林中沐浴更衣？

暮青捧著那油紙包，忽覺燙手，心底某處也似被燙了一下。她忽然轉頭，沿著溪邊望向林深處，那是昨夜他離開的方向。她覺得，他似乎就立在那裡，紅袍如雲，矜貴懶散。

但溪水潺潺，山風徐徐，添了林深寂寞。

步惜歡……他並不在那裡。

夕陽餘暉暖，明亮了少年的眼眸，也照見那眸光漸漸黯淡。

暮青垂眸，忽嘲自己有些傻，這時辰步惜歡怎麼可能來？他只有晚上才能出宮。那這油紙包，定是他的人送來的。那饅頭和滷肉摸著還溫著，東西剛送來不久。

暮青沒時間吃東西，她先把那人臉面具拿了起來，那面具薄如蟬翼，溪水波光都能透來，眉毛根根分明，技藝精湛！那面具連著脖子部分，還做了喉結。

如此心細……

暮青就著溪水洗淨了臉，這才將面具戴上。這面具邊角修得漂亮精緻，要緊的是十分貼她的臉型骨骼，不知是何人手筆，竟能將她的臉部特徵把握得如此精到。戴好後，她對著溪水細瞧，只見少年面色蠟黃，粗眉細眼，與她易容的容貌竟別無二致！

暮青眸中少見地露出嘆色，只是她不能在此久留，便沒有再瞧下去。轉頭拿過那藥膏，見那盒上貼著張紙，上書：「三花止血膏。」

三花止血膏裡的三花，傳聞採自南圖屬國邊境的圖鄂一族深處，圖鄂一族神祕，江湖中藥聖、毒尊、蠱宗皆出自此族。此止血膏中只有三花，三花卻千金難求，此等止血聖藥，皇族也未必有。

止血聖藥於軍中戰時便是救命之藥。

暮青掌心收緊，抬眼又去望那林中，風拂來，鼻間好似能聞見那晚淡淡的松香……

她以為他不會放她走，他卻放了她。

她以為再相見定要在那繁華盛京金鑾殿上，他卻似乎並未遠離。

雪中送炭，當如今日事。

暮青垂眸，將藥膏收了，先就著溪水擦了身，換了乾爽的衣衫，這才將那饅頭和滷肉吃了，食物雖已冷，她餓了一日，反倒覺得那肉格外香濃。

待吃完東西，她就地挖了個泥坑，將油紙包埋了，洗了手才端起盆子出了林子。

本想趕在軍中晚飯時辰結束前回去，但這一番耽擱，回去時已經晚了。

四人見暮青端著盆子進來都一愣，韓其初問：「周小弟沒去領飯？」

「吃過了。人太多，沒見著你們。」暮青將盆子放去地上，洗好的衣衫拿出來晾去帳外，再進帳時石大海和劉黑子已坐去席上說話去了，韓其初眼裡還有些疑色。

「周小弟已沖涼過了？」

新軍營一切都簡易，沖涼處只拉了幾條白布，置了幾口大缸，新兵們都是在那處拿著水瓢舀水嬉鬧沖涼的。方才他們四人一起去了，並未見到暮青。

「嗯。」暮青道了聲，轉身便想去休息。

「我們剛才都去了，沒見著你。」章同目光銳利，見暮青轉身，忽然伸手按向她肩膀，問：「說實話！你去哪了？」

那手落在暮青肩膀上，暮青眸光一冷，忽然向後一撞！

這一撞突如其來，衝勁如風，章同一驚，連忙後退，腳剛要撤，身前少年一腳踏在他腳面上，反手抓握住他的手腕，擰、壓，回轉，俯身，其勢如豹，一肘擊在他腰眼處！

一連串動作，爆發在一瞬，石大海和劉黑子轉頭的工夫，章同已連退三步，目露驚異。

帳中霎時靜了，四人都未想到，暮青竟與章同一樣身懷武藝！

章同最驚異，他今日操練時注意過暮青，論臂力，她不及石大海，論耐力，她不及劉黑子，連體力也不強，也就比韓其初好些。他以為她就是個虛榮毒舌的小子，沒想到她竟會武藝！

只一招，尚瞧不出她武藝如何，但爆發力相當驚人！若非他自幼習武，反應敏捷，方才這小子一招便能制住他，叫他爬不起來。

章同眸中漸起亮色，頭一回對暮青露出笑容，但那是興奮的戰意！

「好小子，深藏不露！有多少能耐，讓小爺瞧瞧！」章同疾步欲戰，韓其初趕忙拉了他一把。

「章兄，軍中不得私鬥！」

「在帳中怕什麼！」章同不聽勸阻。

暮青轉身回自己席上躺下，「龜在殼裡，自然不怕。」

章同一愣，韓其初嘴角一抽，這是罵章同只敢縮在帳中挑釁逞英雄？

章同好半天才反應過來，怒道：「好！小爺在帳外也不怕，你敢不敢去外頭一戰？」

暮青閉眼，睡覺。

這日之後，章同便跟暮青較上了勁，操練時處處壓她，只想激她一戰，暮青卻似沒看見，只盡心操練。

晚飯時，暮青光明正大地稱與章同不和，不願同桌用餐，自擠去了人群中。她依舊退走去林中擦身更衣，那油紙包天天都在那裡，每日都有肉菜，比軍中伙食好得多。暮青每天都以最快的速度吃完回營，再未被四人撞上。

她獨來獨往，除了章同面色一日黑過一日，其他三人漸漸的都習慣了。

日子一晃半個月，西北軍在江南徵兵的日子結束，五萬兩千四百三十四人，開拔過江，西北行軍！

開拔當日，眾將士在汴河城外乘船渡江，其勢浩蕩，不僅引來汴河百姓集結相送，連帝駕都來了！

帝駕登上了顧老將軍的大船，賜酒送行。暮青等人在遠處船甲板上，只瞧見一抹紅影，未見帝駕容顏。只那抹紅影，令她遠眺，遙望許久。

她想說，面具已用，甚好。她想說，藥膏已收，多謝。她想說，飯菜不錯，很香。可最終只能遙望，一腔臨別話留在心中，散在江風裡，漸漸隨了船，遠去。

五萬將士渡江，分了幾批，幾日才都過了江。

江北至西北，走官道有兩千里之遙。新軍並未走官道，過了江便直接入了林，林中行軍，比走官道近，翻山越嶺，更利於練兵。

大軍浩蕩，叢林行軍，一路往西北。

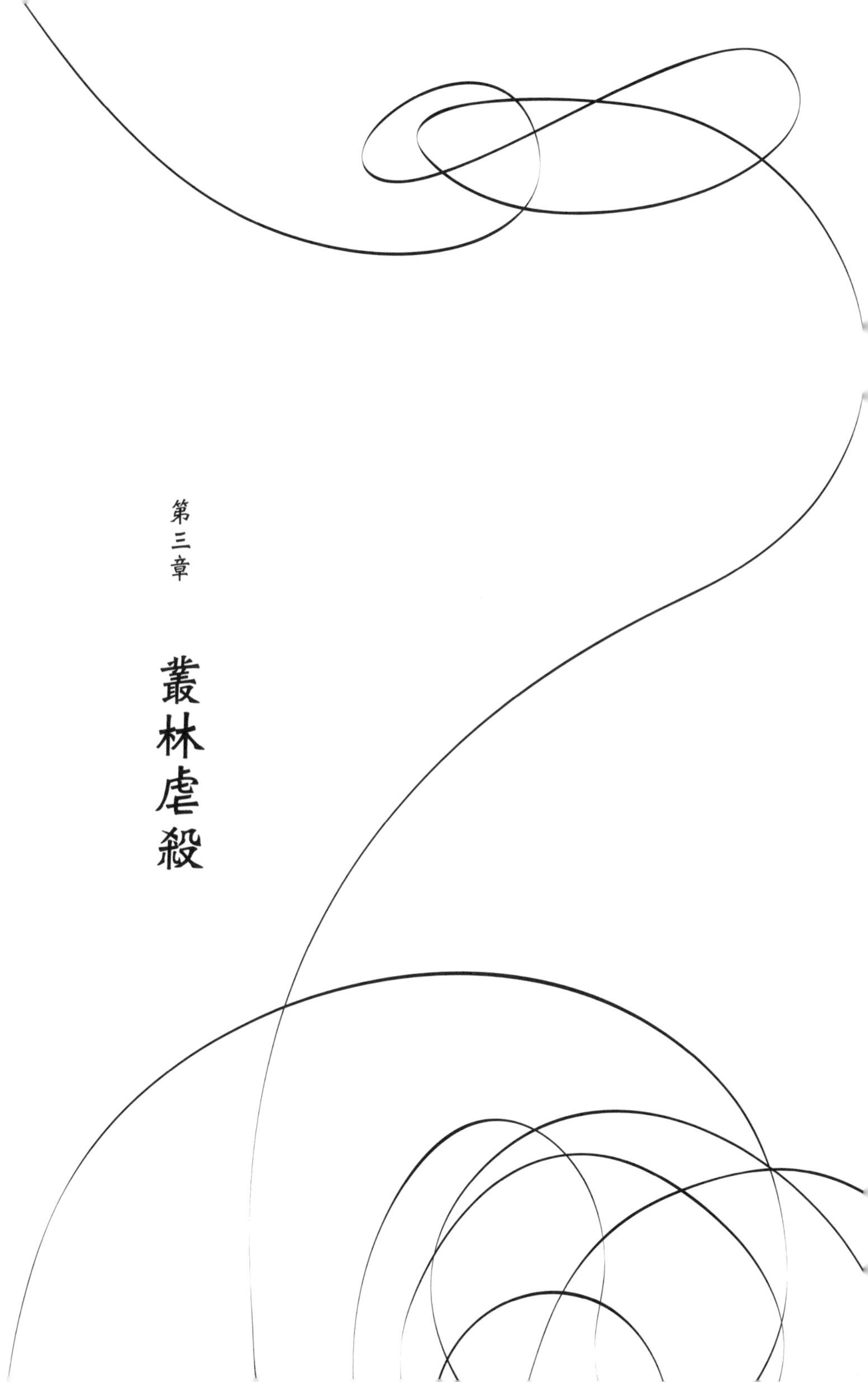

第三章

叢林虐殺

山林行軍，操練強度之重非校場練兵可比，全軍負重十二石，有路日奔百里，無路伐木而行。

千里練兵，用時二十三日，進入了青北地界。

青州乃大興北部州府，三萬大山，延綿不絕，峰頂常年積雪，峰下山林茂密，山中景致壯美奇麗，新軍卻無心閒賞。傍晚停軍紮營，所有人都累癱在了地上。

晚飯時光是新軍這些日子以來最得閒的時候，升火設灶，兩伍一灶，圍著篝火，聞著米菜泡餅香，火光彤彤映紅了新兵們的臉，疲頓與生機並存。

起初林中行軍，一到了紮營歇息的時分，眾人總免不了抱怨操練苦累，時日長了，該抱怨的都抱怨了，也就覺得這話題乏味了。操練日日有，新兵們很快學會了苦中作樂，飯時圍坐在一處，從聊家事到聊家鄉趣聞，恨不得將自己肚子裡那些事都翻找出來解悶。

一群漢子聚在一起，總免不了葷話，聊著聊著就聊到了別人家的炕頭上。

「……那娘子大腿雪白，叫聲孟浪，劉員外魂兒都勾了去，家裡八房姨娘屋裡不去，非要去尋那二八寡婦，終有一日叫他那大房知道了，尋思著家裡的治不了，外頭的野狐媚還治不得？那大房遂指使府中小廝去了寡婦家裡，好幾十個人伺候著，手指棍棒全都用上了，那寡婦起初叫得高，後來聲兒愈來愈小，最後竟是死透了。那些小廝見出了人命，忙逃回了府上，官府來查，好幾十個人，也分不清是哪個欺辱死了人，就判死了最後那人，其餘只挨了杖責。」

「嘖嘖！」一群漢子砸吧著嘴，眼神比望著那灶中米菜時都如狼似虎，想那大腿雪白，手指棍棒。

劉黑子才十五，尚未識女事，天色暗沉，火光映著靦腆少年的臉，格外的紅。

石大海哈哈一笑，拍拍他的肩膀，「多聽聽！又不叫你去欺那良家女，只叫你知道日後娶了媳婦有多少花樣可使。不過，你小子要是個心疼媳婦的漢子，可不能使那棍棒之物，手上的事倒是樂趣多。」

劉黑子臉上似有火蹭一聲燒著，頭快埋進褲子裡。

一群漢子哄笑，石大海不經意間掃去旁邊，見暮青抱膝坐著，望著那灶，目不斜視。

石大海笑指著暮青道：「周小弟也沒娶媳婦吧？聽得都眼發直了！」

哄笑聲裡，暮青抬眼，臉上不見窘迫，一雙眸子清冷明澈，面色頗淡，「婦人非少女，遇此事器官可無解剖改變，但遇暴力，則可出現撕裂等損傷。查問那十幾人的口供，定能問出誰先誰後，誰用了棍棒，誰用了手指，誰人行事後身上沾了血，用棍棒之人，身上沾血之人，按我朝律皆可判死！其餘人重杖一百，若衙役行刑公正，定能死他幾人，殘他幾人！此事若非官府儨懶，便是故事不實。」

故事不實……

一群漢子瞧著暮青，目光古怪，這少年家中有人在縣衙謀事？怎能說得頭頭是道？

那說段子的漢子更鬱悶，故事本就是解悶的，這小子怎麼還去推敲實不實？

可少年話語分外鏗鏘有力：「實與不實皆不可玩笑，人命之事豈可解悶？要說葷段子，挑別的！」

灶火周圍忽然便沒了聲音，半晌，章同哼笑了一聲：「說得頭頭是道，想必除了那身士族華衣，贏了的銀子都扔窯子裡了吧？聽著御女之道可真足，只不知有沒有扮成士族公子禍害良家女子？」

「章兄！」韓其初趕忙制止，抬眼深深瞧了暮青一眼，換了話題道：「前幾日聽陌長說，進了青州地界，咱們許就要改作夜裡行軍了。飯菜好了，咱們還是趕緊吃吧，誰知哪夜會不得安眠？」

戰事一起，可不分白天夜裡，夜裡敵襲應戰實屬平常。這些日子皆是白天行軍，新軍的體力耐力被磨了個極限，也是時候夜裡操練了。

出了青州便進了西北交界，那邊馬幫之禍甚重，他猜進了西北，新軍會沿途剿匪，以操練實戰。新軍與老軍最大的區別不在於從軍年數，而在於刀上沾了多少血。

不殺敵不成精兵，手上不沾血，刀永遠磨不鋒。

西北前線戰事正緊，新軍到了前線便要上戰場，如此操練最有奇效。

但此事韓其初閉口未言，上頭尚無此軍令傳下。上位者自古不喜心意被猜度，此事若說出來傳開了，便是猜對了也有惑亂軍心之罪。

一群漢子一聽吃飯，頓時轉移了注意力，拿出各自的大碗盛了，也不管燙，便吸溜呼嚕地悶頭扒飯。

奈何章同是個偏激性子，韓其初一番心意白費了，他盛了飯後繼續找碴：「小爺就是瞧他不順眼！你以後別勸小爺！」

「咳！」韓其初一口泡餅嗆著，險些身亡。

「瞧不順眼就幹一架！」一個漢子忽然說道。

一群人一愣，見那開口的漢子正是方才說葷故事被暮青較真的那個。

暮青頭也沒抬，兀自吃飯。

韓其初喘過氣來，道：「軍中不得私鬥，此乃軍規！違者軍棍五十！」

「要是老子，老子就選挨軍棍，總比被人瞧不起強！軍中只認拳頭，誰拳頭硬，誰骨頭硬，誰就是好漢！」那漢子道，顯然暮青方才較真兒叫他心裡不太舒坦。

軍規歸軍規，但此理也確實是眾人心中所認之理。

眾人瞧章同，章同端著熱氣騰騰的飯，挑釁地看著暮青，道：「小爺不怕挨軍棍，你敢不敢跟小爺比劃比劃？輸了的日後管贏了的叫爺爺！」

眾人又瞧暮青，暮青低著頭，繼續吃飯。

「幹一架！」那漢子忽然高聲一喊，看暮青的眼神已像在看孬種。

這一聲引得四周幾灶的新兵都瞧了過來，見有人要幹架，便都起了鬨。雖知軍規命令不得私鬥，但軍棍又不是挨在自己身上，誰不願瞧個熱鬧？日日超負荷操練，一些情緒壓在眾人心裡，亟需一個發洩口。

「幹一架！幹一架！幹一架！」很快，四周便傳來高聲，眾人齊喊，聲浪傳去老遠，一聲高過一聲，比白天操練喊口號還要嘹亮。

「不可！」韓其初的制止聲被掩在起鬨聲裡，他知道勸章同無用，便只好轉頭囑咐暮青，想叫她切不可應戰。新軍初建，軍規必嚴，若做那出頭鳥，定被上頭拿來殺雞儆猴，五十軍棍是輕的，說不定會重罰！

但他一轉頭，頓時有些愣。只見暮青低著頭，還在吃飯，一碗飯已經快見底兒。

這時，忽聽前頭一聲怒斥：「嚷什麼！」

起鬨聲頓弱，眾人抬眼，見天色已暗，灶下火光和灶中熱氣將林中映得模模糊糊，前方幾名將領走來，為首之人黑袍黑甲，落腮鬍鬚，目光如刀，竟是西北軍副將魯大！

「魯將軍！」

眾新兵紛紛起身，有人面露膽怯，有人面露敬意。魯大乃西北軍主帥元修麾下的左膀右臂，元修的英雄傳聞有多少，新軍對他麾下副將的崇敬就有多少。

魯大身後跟著的是幾個都尉、小校、陌長，老熊正在其中。鬧事的都是他手下的兵，他的臉頓時黑得堪比那灶底，揪住一人問了幾句，腦殼忽疼：「怎麼又是這倆小子？」

「哪倆？」魯大問。

「那個，章同！還有那個，周二蛋！」老熊指了指章同和暮青。

暮青吃完最後一口飯，放下碗，起身。她是最後起身的，百來人裡就數她顯眼，魯大臉色也黑得堪比灶底，目光沉鐵似的。

這小子，搞啥事！屁股癢？

自他入了新軍營，他還是知道他的情況的。他體力不出眾，耐力也不出挑，但也不算最末，每日的操練都能堅持到最後，算是普普通通。普普通通還敢鬧事，這小子是覺得這些日子操練得皮厚了，能挨住軍棍了？

老熊道：「這倆小子脾氣不對盤，幹架倒沒有，只是偶有口角。」

「又不是娘們！鬥啥嘴！」魯大怒罵一聲，瞪住老熊，目光似那西北的風刀子，「鬥嘴的，起鬨的，這些都是你帶出來的兵！」

「末將帶兵不利，願領軍棍！」

「陌長！」

「都給老子閉嘴！」魯大一瞧便知新兵們要求情，怒喝一聲堵了眾人的嘴，「軍中求情管用，要他娘的軍規當擺設？」

眾人不言，軍中私鬥者處軍棍五十，群毆者鞭二百，將領軍棍一百，可沒說起鬨要領軍棍，且也沒私鬥得成不是？

韓其初閉眼輕嘆，這果真是做了出頭鳥，要開刀重罰以儆效尤。

林中漸靜，新兵們尋思著，軍棍未必有，但操練加罰是免不了的。

果聽魯大道：「青州山的地圖給老子拿來！」

「是！」親兵得令，從懷中取出張羊皮地圖來交給魯大。

魯大沉沉掃了眼暮青和章同，笑得猙獰，「你們倆想幹架，老子就成全你們！此處五里之外有一湖，老子稍後派人在湖邊插上一旗，你們百人給老子分兩組，一組負責埋伏，一組負責突擊，誰先拿了旗子算誰贏！隊長就由這倆小子做！你們不是想起鬨看他倆誰輸誰贏嗎？老子給你們個痛快！贏的那組老子免了他的罰，輸的那組今晚守夜，明天行軍負重加五石！」

新兵們一愣，老熊忽然抬頭，目露震驚。

新軍這些日子操練的是體力，日後要操練的還多著，弓射弩技、馬戰陣列，唯獨不用練的便是領兵。領兵乃為將之道，如遇戰事，都尉以上才有機會領兵。新軍這些時日操練甚重，眾人早有怨言，罰得重了容易引起譁變。這罰法對新軍來說新鮮又能激起鬥志，輸了認罰也不會心有怨言，本是極好的法子，但讓章同和周二蛋帶兵，也著實便宜了這倆小子！

對這倆小子來說，便是輸，今夜領兵的經驗也是千載難逢的！

章同眼中迸出喜色，灶火映紅了他的臉，興奮難抑。他乃武將之後，自幼熟讀兵書，從軍乃心中志向。原以為要到了邊關上陣殺敵之後才有機會立功，待升到都尉，有權帶兵，少說要摸爬滾打兩、三年，未曾想才從軍一個多月便有了這等機會！

韓其初也愣住。

這時，魯大瞧了眼周圍的百來名新兵，道：「你們想跟著哪個，自己選！」

韓其初又一愣，臉上頓露憂色。

果然只見周圍百來新兵面面相覷，人如潮水一般湧向章同，又有幾人舉棋不定，竟沒有一個往暮青身後去的！

他們這百來人一個陌長帶著，在校場時便一起操練，相互之間都有印象。章同乃武將之後，表現出色，乃眾人中的佼佼者。周二蛋操練時並不出色，且方才面對章同的挑釁，他一直默不作聲，有些孬。魯大讓眾人自己選，自然選章同的人會占絕大多數。畢竟輸贏事關受罰，沒人願領罰。

章同面有得色地望向暮青，為將者，不得人心，她如何能贏自己？

暮青面無表情，掃了眼那些舉棋不定的，道：「選人而已，舉棋不定便是心智不堅，心智不堅不如就此認輸！」

此話一出，那些猶猶豫豫的新兵頓時面露惱色，立在章同身後的新兵們露出嘲意。軍中最瞧不起孬種，猶猶豫豫娘們似的，與孬種無異！

那些新兵被瞧得臉色漲紅，本想選章同的，此時也面紅耳赤，不好意思再過去了。

這時，暮青道：「會惱就表示你們尚有血性，既如此，那就過來吧。以少勝多，有血性之人定會感興趣。」

「以少勝多？」章同皺眉，眾人一愣。

「對。選了你的便是你的，我不要！我只要……」暮青一掃那些舉棋不定的兵，「他們！」

他們？

那些被指住的新兵愣住，魯大等人也愣住。

這些新兵只有三十幾人，章同那邊的人數可是她的雙倍！

只要三十幾人，還都是些孬兵，這小子真的想贏？

暮青想贏，所以才選這些兵。

魯大只說要兵挑將領，未說兩隊要人數對等。

兩軍對陣，自古便少有兵力對等之時。她既領兵，她選最接近實戰的情形！

她選的這些兵雖猶豫不決心智不堅，但最利於她領兵。她女子之身，體能耐力皆不如男子，操練成績平平，她若領兵，心性要強的兵定不服她。心有不服，不聽軍令，人再多也無用！

而從心理學角度，優柔寡斷之人最易成為被領導者，這些兵在旁人眼裡是孬兵，在她手裡是制勝之師！

「好！你小子有種！」魯大大笑一聲，這小子人緣奇差，偏偏他就是討厭不起來。

「你們可有意見？」魯大掃一眼那百名新兵。

選了章同的自不願被挑出來跟暮青，猶豫不決的沒臉再去章同那邊，且他們被嘲諷鄙視時暮青指明要他們，全了他們的顏面，也叫他們心中對暮青排斥少了些。

眼看要就此決定，忽有一人出了聲：「將軍，我還沒選。」

眾人循聲一瞧，見說話之人站在章同身邊，正是韓其初。

章同一愣，皺眉道：「其初？」

「抱歉，章兄。你我同鄉，彼此熟知，合作似乎少了些趣味，我覺得與周小弟一道，這場輸贏才有看頭。」韓其初溫雅笑道，笑罷便不管章同黑下來的臉色，走去了暮青身邊。

韓其初一走，石大海也表示還沒選，跟著韓其初去了暮青那邊，走時把劉黑子也帶過來了。

韓其初和章同熟稔，本就站在他身邊，方才選人，眾人以為他選了章同，但其實他只是原本就站在章同身邊，根本就沒選。而石大海和劉黑子是因韓其初才留在了章同身邊，韓其初溫和文雅，待人和風細雨，石大海和劉黑子與他關係不錯，而章同性情乖張，並不好相處，韓其初不在，兩人便沒想留下。暮青雖性情清冷，待人疏離，但韓其初在，兩人不怕與她相處尷尬。

同伍之人竟都去了暮青身邊，章同的臉色霎如鍋底，他自尊心頗高，不肯求韓其初回來，只咬牙笑道：「好！如此確實多些趣味，小爺也不想贏得太容易！」

等了一會兒，見再無人動，魯大這才說道：「好！那就這般定了！都圍過來，老子給你們瞧地圖！」

魯大將地圖展開，暮青帶著身後三十四人，章同帶著身後六十四人圍了過去，齊看那地圖。只見圖中山脈延綿，有一湖泊在其中。魯大只給眾人看了一會兒，便將地圖收捲了起來，道：「一個時辰為限，老子要看見旗子，還要看見你們俘虜的對方將領！不然明天你們全都給老子負重操練！」

要求俘虜對方將領是為了保證雙方必有一戰，避免雙方為了贏旗，不設伏，不對戰，只拚腳力，拿了旗子就溜回來。

可一個時辰，來回十里，設伏突圍，制定戰術，遭遇對戰，還要俘虜對方將領，這要求聽起來簡直可用嚴苛二字形容。

「你們敢譁鬧軍營就別怪老子嚴苛，日後上戰場殺胡虜，老子就命你們折了敵營軍旗，砍了胡人守將腦袋回來，你們他娘的難道敢就給老子帶根旗子回來？」魯大眼一瞪，眾人頓時無話。

「你們哪隊設伏，哪隊突圍？」魯大問。

「我們突圍！」章同早想與暮青較量一番，未行軍前她便不受他的激將，行軍後更不理他，他這股戰意憋了一個月，不願再憋下去。設伏太耗耐心，他選擇突圍！

「我沒意見。」暮青道。

「好！」魯大轉頭對親兵道：「命傳令官跑一趟湖邊，插旗！」

「是！」親兵領命而去。

魯大道：「好了，你們可以走了。設伏的先走，突圍的留下，三刻鐘之後再走。」

「是！」暮青道一聲，掃一眼她身後跟著的三十四人，「走！」

青州山的樹林矮密，月色被茂密的枝冠遮了，山路上只落點點稀疏斑駁，若星子灑入山林。

林中，三十五道黑影速行，雙腿未綁沙袋，肩上未負重，高強度的操練成果在顯現。黑夜在密林中奔行，只見人影穿梭，靈活敏捷，其速如風。月色如星子落在肩頭，山風過耳，一路有低聲隨風散入林。

「那湖在五里外，山路有三條，一條大路，兩條小路，其中一條乃羊腸小徑，頗為隱祕。章兄心驕好勝，不喜遮掩，他定大搖大擺地走大路，隊長以為呢？」

「韓兄何必試探我？章同雖心驕好勝，卻乃武將之後，他自幼熟讀兵書，難道不識知己知彼之道？他與我一決之心已久，若不知是我領兵，他定會走大路，若知是我，他定會追著我來，以求一戰！他數次激將挑釁，我從未應戰，他以為我懼軍規，不敢一戰，所以他定認為我會走那條羊腸小徑。所以，他定帶兵往那條小徑過！」

兩人的低聲對話隨風吹去後方，跟在後頭奔行的新兵們面露猶疑之色。

韓其初與章同是同鄉，兩人熟稔，他說章同會走大路，想來定不會錯。可是，周二蛋所言似也有道理。

這……該聽誰的？

正猶豫，聽韓其初一笑，「在下果真沒看錯人。」

韓其初奔行在暮青身邊，轉頭瞧她，見月色如星雨自少年臉上淌過，那張臉平平無奇，眸卻亮如星子。眾人皆愣，唯獨他眉頭都未動。

韓其初深笑，他果真沒看錯人！

他選擇跟著暮青，只因今夜那碗飯。

今夜百人受罰，唯一人受罰前填飽了肚子，那就是暮青。

章同挑釁，新兵起鬨，眾人的心思全都被鬥毆之事吸引，唯獨他坐在地上，不抬頭，不應戰，心不動，只做一件事——吃飯！

魯將軍來了，他的飯也吃完了。隨後百人受罰，相信不少人會懊悔顧著起閧餓了肚子。饑腸轆轆受罰，體力必落下乘！

軍規不得私鬥，鬧事必被罰，此乃可以預見之事。但無人為必將到來的受罰做出判斷和準備，除了一人！

一碗飯，事雖小，但由小見大，自古為將者，山崩於頂而面色不改！此人心堅，目光深遠，有上位者之風！

韓其初說章同心驕，其實他知道，自己才是那心驕之人。滿腹經綸，一腔報國志，不願入士族門下為那門生清客，願將這熱血報邊關。

出入軍營那夜，他說他志在軍中幕僚，此話不實。

他志在那天下軍師，那廟堂高處，只是西北軍主帥元修帳下軍師幕僚甚多，出身定有高低，他一介庶族寒門，又是新兵，機遇難逢，明主難求，未曾想今夜驚見一顆蒙塵明珠。

世人目不識珠，錯認明珠作頑石，卻不知這操練成績並不出挑的少年心堅如石，目光深遠，非章同能比。

但為將者，只心堅目遠還不夠，其智亦要上乘，所以他才試探他，看他會不會因他與章同是同鄉便盡依他的計策，結果他沒叫他失望。

此人，確有將才！

韓其初目光明亮，問：「隊長打算在何處設伏？」

用兵之法，十則圍之，五則攻之，倍則戰之。今夜，他們的兵力以上三種都不具備，卻要設伏制敵，路還分了三條！

他們已知章同會往那條羊腸小路上去，那條路上必定要設伏，與他一戰！但問題是，另兩條路布不布置人？

萬一章同沒有把所有兵力都帶去那條小路上，而是分兵而行，他們在小路上與他遭遇戰，章同的兵卻從另外的路上暢通無阻地到了湖邊，拿到了旗子，那他們就難辦了。

兵力本就比章同少一半，既要擒下他，還要追回旗子，又兼有一個時辰的限制，事太難行！

若他們也分兵埋伏，兵分兩路還是兵分三路？

兵分兩路，羊腸小徑是一路，另外兩條路選哪條？如何敢保證章同也分兵兩路，且去的是他們埋伏的這兩條？

兵分三路，如何敢保證章同也兵分三路？如何推算他的兵力分布？萬一他將所有兵力都集中去羊腸小徑，他們卻分了兵力出去，本來兵力就是章同的一半，再分兵三路，雙方遭遇，還能擒下章同嗎？

當然，章同許不敢舉全數兵力去羊腸小徑，因為他也怕另外的路埋伏了人，若小路上打起來，另外路上的人聽見聲音，會直接去湖邊拿下旗子。

可他們也不能保證章同不敢只走一條路，他武藝不錯，自視甚高，兵力又多一倍，未嘗會把暮青手下那幾個去拿旗子的孬兵放在眼裡。

以他的傲氣，傾全力擒下暮青，再把旗子搶回來，未嘗沒有可能。

兵者，詭道，兵法精要，實深也。

石大海撓撓頭，「俺的腦子想不來那些彎彎繞繞，你們說怎麼辦就怎麼辦！大不了明天操練累去半條命，豁出去了！」

後頭跟著的新兵們卻無人說話，山風過耳，腳步聲、呼吸聲裡漸生了壓抑。設伏難，兵力少，根本就贏不了。

除了韓其初還有心笑，其餘人皆心頭愈來愈沉。

「誰說要設伏？」寂寂山林，少年的聲音如一道清風，灌入眾人耳中：「我們，不設伏！」

清風湖乃青州山中三湖之一，湖邊草深水淺，月落湖中，遠眺若大小銀盤落人間。

湖前方三里外，三十五道人影立在岔路口處。

暮青說不設伏，此話令眾人懵了一路，只韓其初目光愈發明亮，隱有激動之色。

「這兩條路，一條路上去十人，馳百步再回來！」暮青一指羊腸小路旁的那兩條路。

新兵們愣住，不知暮青有何計策，但此時優柔寡斷的性子顯出了好處來。他們都沒主意，有個有主意的，下意識地也就聽從了。石大海和劉黑子各領十人去了那兩條岔路。

韓其初問：「為何如此？」

「分章同的兵。」暮青道：「他太想與我一戰，又心高氣傲，定不能容忍有一處輸給我。他不會舉全數兵力來戰，另兩條路上不分兵力就意味著萬一我分了兵，旗子就會被我先折到手！雖然他兵力多，自負可以擒了我再將旗子搶回來，但他不會這麼做，因為被我搶了旗子於他來說是侮辱！他心不喜我，好不容易有機會教訓我，他想贏得完美漂亮，不想留下任何失敗之處。這是他的心理畫像！」

暮青不是軍事學家，她不懂兵法，但她是心理學家，她懂人心！

與章同同伍一月有餘，他睡覺習慣面對營帳門口，清醒時躺下左臂必然枕在頭下，右手必定呈握姿放在腹前，這一定是他在家中的習慣，他習慣抱著兵刃睡，以他的握姿來看，他擅長的兵刃很有可能是長槍！從軍後他的長槍未帶，但習慣一旦養成，很難改變。他起身後必定先舒展身子，先往左扭再往右扭。洗臉時捧一把水，搓三下臉。出去時左手挑簾，出去後習慣先左右看一眼。他走路下巴習慣抬高，目光習慣放遠……

這些習慣或許他自己都不知道，但是她知道。一個多月的時間，她足夠能將他的習慣和這些習慣代表著的性情，以及養成這些習慣的原因猜個八九不離十！

今夜的對手若是別人，暮青不敢說她能贏，但若是章同，她可以贏到他沒脾氣！沒眼淚！

「章同乃武將之後，他用兵前定會派人探路，你確定馳百步便能誘他分兵？」韓其初急問，不似平日的溫文爾雅，目光灼灼。

「他自視甚高，性子又急，頂多探百步，多了他沒耐性！」暮青哼道。

韓其初屏息未言，唯有那起伏的胸口顯示出他此刻的激動。他不知心理畫像為何物，但能理解其意，他激動的是這少年與章同相識時日只月餘，竟能將他的心思看得如此透徹！

兩人這幾句話的工夫，石大海和劉黑子帶著人回來了。

「走！」暮青帶著眾人去了林中隱著的一條羊腸小徑上，剛進來便道：「把地上踩塌的草扶起來。」

新兵們不知何意，但還是依言做了，一行人邊往路深處走邊胡亂整理了下腳下踩踏的草，一路到了清風湖邊。

湖邊銀光粼粼，一面旗子迎風飄舞。眾人見了有些心驚，他們一路奔馳，只在岔路口稍費了些時間，軍中的傳令官是何時把旗子插在此處的？

暮青未看那旗子，去路邊尋了根手指粗的樹枝來，背對著眾人不知在搗鼓什麼，聲音隨風傳來——

「章同急於一展身手，定會貪功冒進。他的目標不會僅是擒下我和拿到旗子，他會想讓我們全軍覆沒！」

「他看見那兩條路上的腳印便會分兵三路，兵力方面定會對等分布，以確保每條路上的兵力都是我們的一倍。他會要求那兩條路上的人仔細搜尋，務必擒下所有人。所以，那兩條路上的人定然來得慢。」

「他看見這條路上的草我們動過手腳，定會堅信我們在這條路上設伏，他會親自領兵來，人數不會超過二十五。路上他會細細搜尋，但是他不會搜到。當他搜不到，他會心急，會惱怒，會驚疑不定，會領兵速來。他不會想到我們根本沒設伏，光明正大地站在路口等他。」

少年並未回身，語氣也淡，彷彿分析這些對他來說是極平常的事，背影單薄，夜色裡竟顯出幾分清卓氣度。

聽他問！

「想不想站在這裡，看他們來時那一臉精采的表情？」

「想不想讓那兩條路上的人慢慢搜，我們在這裡痛快打？」

「想不想等那兩條路上的人來到時，讓他們看見綁起來的他們的將領和我們手裡的旗子？」

三句分析，三句問話，湖邊的風都似靜了，彷彿聽得見新兵們激動的呼吸，看得見眾人亮起的眸。

少年還是沒回頭，站在他們最前方，道：「那就站直了，頭抬起來，胸挺起來，等人來了，揍！」

◇

一刻鐘後，三里之外，六十五人站在岔路口。

「去三個人，探路！百步可回！」章同道。

三名新兵得令而去，那今夜講葷段子的漢子問：「為啥只探百步？」

章同自傲一笑，「百步也是小爺高看他們了！他們中除了韓其初，其他人哪識兵法？」

一會兒，三人回來，報道：「那邊兩條路上有人走過的痕跡，那條路上沒有！」

章同順著瞧去，見是那條羊腸小徑頓時皺眉，親自走了過去，蹲在地上藉著月色細看。只見地上一溜兒草被踩塌，是剛才探路之人留下的，看起來似乎這之前真的無人走過。

章同卻笑了，指了指地上的草，「他們在這條路上！這裡的草做過手腳。」

眾人圍過來，都瞧不出哪裡做過手腳。

「瞧見那邊的草了沒？」章同一指山坡上的草，「沒被踩過的是那樣的，一旦被踩過即便被扶起來也是塌著的，這裡還有折痕！」

他攏過一把山草，對著月光一照，果見上頭有細細的折痕！

眾人嘆服，章同面露得色，哼笑一聲：「這定是其初的手筆，他以為如此就能瞞住我？未免太小看了我！我就說嘛，那姓周的小子是個怕事的，怎敢走大路？他定會走小路！」

章同起身下令道：「分三路！你帶著二十人走大路，你帶著二十人走那邊小路，剩下的人跟著我！我們的兵力是他們的一倍，所以你們去那兩條路上後，記住要細細搜，把人找出來後務必全部擒住！把他的人全都押去湖邊，小爺要勝就要全勝！」

「那群孬兵，跟著周二蛋，活該被我們擒！」一名漢子大笑，其餘人哄笑。

章同也笑了一聲，抬手下令，六十五人兵分三路，各自入林。

章同帶了二十三人走那羊腸小徑，路上命人細搜，跟著他的那些新兵一腔戰意，這些日子行軍操練，把大家都悶壞了，今夜雖說是挨了罰，可這罰法也挺過癮。軍中不許私鬥，今晚把人找出來打一架可不犯軍規！

一行人摩拳擦掌，細細搜尋，尋出一里去，未見人。

章同不在意，命人接著尋，「周二蛋是個怕事的，他要設伏，定會設在後邊，能拖一會兒是一會兒，他不想跟我對決。」

眾人一想，確實如此，放了心接著尋。

再行出一里去，還未見人，眾人紛紛望向章同。

章同嘲諷笑道：「真是個怕事的！他一定還在後頭！」

還在後頭？再往後一里就是清風湖了！

章同也知，臉上雖有嘲諷笑意，但眉頭已皺了起來，聲音也沉了：「速搜！」

眾人都不再說話，繼續搜尋，動作卻愈來愈快，眼神梭來梭去，帶了急色。愈往前搜，愈有人頻繁地看章同，章同眉宇愈來愈沉，月光漸漸已照不見他的臉。

眼看又搜出半里，章同忽然怒道：「不用搜了！速行！去湖邊！」

湖邊，暮青為首，身後三十四人一字排開，站得筆直，似那林中松，似那山間石，遙望遠方，迎接驚急趕來的敵人。

章同在路口帶著人急停，月色照著他和他的兵的臉，表情一個比一個精采！

「周二蛋！你敢！」

你敢不設伏！

你敢不分兵！

你敢帶著這群孬兵在這裡等我！

章同咬牙，卻一個字也不能從牙縫裡擠出來！他不能接受自己如此失敗，設伏，分兵，竟然一個決策也沒做對！他更不敢回頭看身後那些兵的臉，他只將滿腔憤怒與失意化作殺人般的目光瞪向暮青，瞪向韓其初。

一定是其初的計策！這姓周的小子怎可能贏他？

韓其初似聽見了章同的心中語，笑道：「章兄，今夜我可是一計未出，你不是輸給了我。」

不是輸給了韓其初，才是真的輸！

章同目光如劍，刺向暮青，暮青向前一步，抬手，丟了自己手中的戟。這戟是新兵配發的兵刃，剛摸了沒幾天，根本就沒練熟。

暮青瞧也不瞧自己的兵刃，一腳踢去一旁，望住章同。

章同怒笑一聲，甩手也丟了自己的戟。他今夜用兵已輸，若在兵刃上再占這小子的便宜，還有臉回去嗎？

兩人都未說話，默契地向對方走去。夜風拂過湖邊草地，草尖兒柔軟幽幽，青州夏夜的風有些涼，卻吹得人臉熱。兩人身後的兵都沒有動，望著各自的主將在那草地中央動了手。

這回是真打！

章同一腔憤怒化拳，揮向暮青的臉。他討厭這少年的臉，無論他如何挑釁，如何激將，他總是無動於衷。正是這張臉的主人，今夜贏了他。他苦讀兵書二十年，輸給了一個不肯透露身分來歷、虛榮怕事的小子？

那拳勁力厚重，剛猛的風掃過少年臉頰，少年髮絲飄扯如線，月色照著那平平無奇的臉，見少年身形忽然一晃，敏捷如豹，蹲身躲開那拳，忽然從章同臂下鑽過，鑽過那一瞬，她豎手成掌，指間似夾著什麼東西，向章同手腕內側速點！

太淵！

章同只覺手腕一痛，少年已刁鑽地鑽去他身後，順手連點，手速快得瞧不清，第二腰椎到第三腰椎，連點四處！

腎俞！命門！志室！氣海！

章同只覺腰間奇痛，呼吸不暢站立不穩，蹬蹬後退間伸手欲抓少年衣領，少年的身手卻極為刁鑽古怪，就地一鏟順勢滑倒，倒下時在他外膝又一刺，他下肢瞬麻，撲通一聲跪地，只見少年躺在地上，面朝夜空，黑眸亮比星子，手中那東西一扔，握拳，一送！

吭！

章同鼻子發出奇怪的聲音，鼻間一熱，滿嘴腥甜，仰面倒下。

「卑鄙！你使詐！」他捂著口鼻，目中怒意如火，身體卻不聽使喚爬不起來，只怒瞪暮青。

少年不言，走向湖邊，拔旗，轉身，風吹那旌旗，呼呼震人心。

「兵不厭詐。」暮青將旗貼著章同的臉一插，回身撿回那丟出去的暗器，往章同面前一送，只見那暗器竟是截樹枝！不過是前頭削尖了，但削得不是很尖，月色一照，見前頭還挺圓潤，明顯是怕真的傷了人，故意削圓了。

「我擅近戰，所以我丟了兵刃，你擅長兵，你丟什麼兵刃？」

「我……」

「你輸了！」暮青只道了一句，身後忽然發出歡呼！

「贏了！」

「贏了！」

「他娘的！贏了！」

一群兵衝過來，歡呼聲震了湖邊夜空。

唯韓其初站在原地未動，看著那群半個時辰前還不想選暮青的新兵，此刻將她團團圍住，他的目光便熠熠生輝。

他終究還是看錯了，若章同有將才，此人，應有帥才！

一群新兵歡欣鼓舞，眼看著要把暮青抬起來，暮青一掃眾人，忽然冷喝：「再不揍人，那邊人就要來了！」

眾人正熱血澎湃，忽聞這句，霎時一醒，轉頭瞧瞧立在路口的那群神色委靡了的兵，嗷嗷叫著衝去揍人了。

章同用兵決策失誤，本就連累了士氣，他一輸，身後帶的兵士氣盡散，加上兵力此時已是暮青這一隊占優，三十四對二十二，很快便撂倒了一片。

當那兩條路上的人趕來，只瞧見一群孬兵扛著大旗，押著滿臉鼻血的章同和垂頭喪氣的二十幾人，衝著他們嘿嘿直笑，牙齒在夜色裡森白。

一個操練考核成績平平的少年領著一群孬兵，贏了一個武將之後領著的一群強兵！

當那群孬兵扛著大旗雄糾糾氣昂昂地回來，那揚眉吐氣，那意氣風發，與那滿臉血汙的章同、那低頭垂腦的敗兵，組成了一道亮麗的風景，剎那炸了軍營！

老熊嘴張著，能塞進去個雞蛋。

魯大大笑一聲，那粗獷的臉因狂喜的神色變得可親多了，「哈哈！好小子！以少勝多，以弱勝強，這要是在西北，殺的是胡人，你小子和你手下的兵，足以一戰成名！」

哪怕殺的不是胡人，今夜這一戰也足以叫暮青在新軍中一戰成名！

只需一晚，明早他的大名便能傳遍全軍！

「將軍，旗子我們帶回來了！」扛旗的那新兵上前，將手中大旗交給魯大，眼底掩不住的興奮。

「好！」魯大接過，只說了一字，新兵們便站得筆直，臉上露出自豪神色。

魯大掃一眼章同和他手下的敗兵，「兵力多一倍，操練時還號稱強兵，輸成這樣，老子都替你們丟人！明天全軍休整一日，你們除外！負重加五石，給老子在全軍面前操練！讓你們他娘的愛起鬨，老子讓你們起鬨個夠！」

起鬨？是被起鬨吧？

全軍面前操練，臉都丟回姥姥家了！

一群敗兵垂頭喪氣，章同自湖邊回來的路上就沉默著，此刻也未抬頭，驕傲被碾碎，一路被風吹散，似乎再也拾不回來。

「瞧你們的樣子！」魯大罵道：「今晚要值夜，你們就拿這種精神頭兒給老子看？勝敗乃兵家常事，當兵可以被打死，但不能被打趴！娘的，要是那些胡人跟你們似的，打一次就怕了，邊關早就太平了！都打起精神來，點齊了人數，給老子去值夜！」

章同抬起頭來，篝火彤彤，映著他和他身後的兵，照見一群人眼裡明光躍動。

「是！」一群敗兵似被罵醒，章同帶著人去空地上列隊。

臨近的新兵們早就坐不住了，伸脖子往這邊瞧，只盼章同點齊人數報了魯大，魯大帶著一群將領趕緊走。他走了，眾人才有機會過來問問今夜一戰的細況。

不一會兒，章同跑步過來，臉上的血沒擦，眼眸沉幽，火光照著，有些嚇人。

只聽他道：「報告將軍！人數不對，少了一個！」

歡鬧的氣氛霎時就沉了。

「娘的，回來前為啥沒點齊人？」魯大沉沉的目光落在章同身上，他身後的兵都低著頭。

那時輸懵了，一路都沒緩過神來，光想著臉面去了，哪還記得點齊人數？「去找！回來老子再跟你算帳！」魯大瞪了章同一眼。此事是章同的責任，他身為將領，回來前竟沒點人數，顯然是輸了打擊甚重，忘了身為將領的責任。

章同低著頭，悶不吭聲地帶人又往湖邊去了。

暮青道：「將軍，我們也去找吧。」

大家都是老熊的兵，平日一同操練，就算不親厚也沒多大仇怨，不過是今晚起了個鬨，被拉去對練了。如今人沒回來，怎麼都該幫忙找。

魯大目露讚賞之色，點頭允了，但隨後臉色又沉了下來。

那沒回來的兵要是掉了隊、迷了路那還好，要是因輸了不敢回來，怕回來沒面子，所以留在後頭磨蹭，那罰一罰也就是了，最怕是當了逃兵。

這一路操練強度甚高，新兵們多有抱怨，但西北軍聲名赫赫，大將軍戍守邊關十年，英雄之名天下敬仰，新軍們都望著有一日親眼見到大將軍，做他手下的兵，因此這些日子雖抱怨，卻也沒出現過逃兵。假如今晚有人在此事上開了頭，日後難保不會有。

新軍操練了這些日子，也該演練了。這青州山地形好，軍帳中這幾日正商討著全軍演練，演練出青州地界，進了西北便沿途剿匪，讓新軍的刀上沾沾血，磨出銳氣來，到了邊關參與些小戰不成問題，慢慢打磨不出兩年，定是支精軍！

演練之事細則尚未定，今夜他便心血來潮讓百名新兵先來了個設伏突圍的演練，此事回去定會被那頑固的顧老頭罵，好在周二蛋這小子給他長臉，打得漂亮！

今晚之事明日傳遍全軍，士氣定然大振，對接下來的全軍演練有不少好處，就憑此，那顧老頭也會閉嘴了。他還想著趁此叫這小子在顧老頭面前露露臉，以後重點培養，哪知道會出這麼多事？

要是別的也就算了，要真是逃兵，那顧老頭拿軍棍敲他是其次，影響了全軍士氣他就難辭其咎了。

魯大皺著眉沉著臉，望著章同和暮青等人離去的方向，心想他們最好能把人找到！

人找到了。

那人不是逃兵，但情況比這更糟。

人死了。

人死在羊腸小徑坡下的林子裡，發現的人是章同的兵。那兵挺聰明，今夜跟著章同上這條羊腸小徑前，章同曾將折過的草給他們瞧過，這人便記在了心裡。找上羊腸小徑時，他無意間發現路坡處的草倒伏著，而章同給他們示範時草還好好的，他便順著那坡下去了。

下去時只他一人，眾人皆在坡上，有往羊腸小徑深處尋的，有去了另外那兩條路的，正分散著找人，忽聽那林中一聲慘叫。

眾人循聲趕過去時，只見那新兵發瘋似地奔出來，上坡時腳下發軟，撲通一聲撲在坡上，眾人站在坡上望他，見他抬起頭來，月色照見他的眼，眼中的恐懼讓眾人背後不覺起了毛。

眾人遂結伴入林，尚未尋見人便聞見山風的味道有些怪，有些鐵腥味。眾人心頭的不安感愈發濃烈，但仗著結伴，膽量也大些，便一起往前搜尋。也正因人多壯膽，當在林中尋見了人時，恐懼過後，不少人轉身扶著樹吐了起來。

暮青來到時，見一處丈寬的空地，月色自高處灑進來，一人裸身懸頸吊在枝頭，喉嚨被割開，手指粗的麻繩勒在喉嚨的血肉裡，血順著脖頸將白花花的身子染成了血色，脖頸往下，人被開膛破肚，胸腔、腹腔大敞，血、內臟、腸子流了一地。

章同見到，眼中發紅，怒吼一聲便往前衝，手腕卻被人一把抓住！

「做什麼？」暮青掃他一眼，目光頗冷。

「放他下來！他是我的兵，我不能讓他這麼掛著！」章同一把甩開暮青的手，眼底逼出血絲，大有她若敢阻止他，他就殺了她之意。

他力氣比暮青大，暮青被他甩開，見他大步往前走，也不再拉他，只道：

「記得你是怎麼輸的嗎？逞能！」

章同怒而回身！

「凶手若逍遙法外，也請記得是你逞意氣。」

「……」章同擰著身子回望暮青，脖子險些擰了，他眼中怒意如火，但好在尚有理智，「不動他就能知道凶手？說得好像你能查出來似的。」

暮青瞧著他，那眼神似乎有點欣慰，「還好，你唯一的一個腦神經元沒被你的怒火燒死。」

章同一口血悶在胸口，聽不懂，但就是知道那不是好話。

「退後！」這話暮青不僅是對章同說的，也是對林子周邊的眾人說。

「三件事！第一件，你跑一趟營地，將此事報與魯將軍，請他速來。」暮青對章同道。

「為何是我？」章同看起來沒打算聽她調遣。

「因為你是武將之後，這裡你武藝最高。凶手手段殘暴，我尚不能估計凶手的武力值，但萬一他可以一敵眾，派他們回去報信，路上遭遇，你可能再死幾個兵。」暮青說完，不再理他，轉身出了人群，尋來一根樹枝，回來在地上劃地一劃！

「第二件事，此刻起，任何人不得踏入這個圈子破壞現場，你們倆負責此事，看緊了！」暮青看向石大海和劉黑子。

「第三件事，此刻起，所有人留在這裡不得離開，否則，以嫌犯論！」暮青掃向眾人，眾人面露懼色，紛紛往後退。

殘殺同袍可不是開玩笑的，萬一被冤作凶手，可是要殺頭的！

「你是說，我們之中有凶手？」章同沉聲問。

「我沒說，但事情沒查清前任何人都有嫌疑。」暮青掃一眼眾人道：「不用怕，你們若不是凶手，我定不會冤了你們。」

暮青的目光從眾人身上掃過，最後落在韓其初身上，道：「韓兄記性好，一會兒我走到哪裡你便跟到哪裡，我說的話你記在心間，回去寫一份出來備案。」

韓其初挑眉，想問她如何知道他記性好，但終忍住了，眼下事態不是問此事之機。且比起此事，她似乎看起來是想要……

韓其初目露深色，暮青已轉身，轉身前沒看人，只道：「辦事！」

她看也沒看那吊在樹上的屍身，話音落已徑直出了林子，往坡上去。

韓其初趕忙跟了過去。

暮青在坡下停住，見月色灑落山坡，坡上的草倒了三處，三處形態各有不同。

一處雜亂，乃剛才眾人齊下山坡時踩的。

一處草倒得平整，面積寬，乃剛才那新兵上坡時撲倒所壓。

暮青去了那第三處，藉著月色細看，見那處草自山坡頂上翻倒下來，倒了兩溜兒，地上泥土已被翻開，有的草根都露了出來。暮青低頭看腳下，坡腳處的草葉上落了星點般的滴狀血跡，草密天黑，若不細瞧，不容易被發現。

她道：「拖行痕跡，人在上頭遇襲，拖下來時就已死。」

暮青抬頭看向坡上，繞過此處草痕，上了山坡。

韓其初在下方望她，見她上了山坡便在人被拖下來的草痕附近細細搜尋，最後蹲在了一處。

他上了山坡，走去她身旁，見她正對著路旁的一片草葉細瞧，月色照著那片草葉，上頭有些水珠，銀亮似露珠。

她盯著那些露珠細瞧了一陣兒，順手從旁邊拾了根樹枝，撥開那些草葉，戳了戳下面的泥土，那團泥土有些溼糊，樹枝拿起來時上頭黏糊糊的一團黃泥。

「嗯，氨臭氣。」她道。

「何物？」韓其初微愣。

「尿液。」她抬頭把那樹枝往他面前一伸，意思是他可以聞一下確認。

韓其初往後一仰，蹬蹬後退，站住腳後將目光從那樹枝上跳開，覺得無法直視，只能把目光落在暮青臉上，那表情相當精采！

「你……」他竟說不出話來。

暮青丟掉樹枝，啪啪拍了兩下手，但還蹲在地上，「他不是迷路，也不是逃兵，只是途中小解掉了隊，凶手見他落單便襲擊了他。」

說完，她就著蹲身的姿勢，往小徑深處細尋，只尋出幾步，動作一頓！韓其初一時沒敢過去，怕她又拿出什麼送到他面前，卻聽她道：「人是在這裡死的。」

韓其初目光一變，快步過去，見地上血跡，面色沉肅了下來。那血灑在草葉上和路邊泥土上，夜色裡黑乎乎一團。

暮青抬頭看向前方，「小解處與此處有一個人的距離，凶手從背後抹了他的脖子，就勢將人放倒。人倒在這裡，血淌了一攤，表明人在這裡放了一會兒，凶手也在這裡待了一會兒。」

暮青指了指血跡旁一雙腳印，「殺人後不立刻將人拖走而是在此待了一會兒，我唯一能給出的推論是當時前方的隊伍還沒走遠，凶手怕把人拖下去動靜太大被前頭的人聽見。」

韓其初驚住，前方的隊伍還沒走遠凶手就敢殺人？他如此膽大？

「對，膽大。」不用韓其初問，暮青就知道他在想什麼，「膽大，殘暴，心理變態，凶手的初步畫像。」

暮青起身，目光放遠，看了那拖痕、小解處和此處人被放倒的地方，腦中隱隱出現了一條路線，她順著這條路線望向小徑對面的林子。

林中風聲、蛙聲、蟲鳴聲和成一曲，卻讓林中顯得更幽靜。

暮青抬腳便走去了小徑對面，低頭看那山坡，忽然鬆了一口氣。

韓其初在後頭見她肩膀似乎鬆了鬆，不知何事，走過去一瞧，見那坡上的草也是倒伏著的，很顯然，有人從這裡上來過！

「草倒伏的姿態是逆著的，表明有人從下面上來，凶手是從這林子裡出來的。」暮青轉頭看向韓其初，脣邊忽然有淺淺的鬆快的笑意，「我真開心。」

韓其初一愣，不知何意。

聽她道：「這說明，凶手不是我們的人。」

死的人是章同的兵，此人是在演練結束回來的路上被殺的。

章同從這條羊腸小徑去湖邊時帶了二十二人，死者並不在其中。演練結束後，暮青的兵太歡欣興奮，回營明明有大路可選，他們偏選了來時的這條羊腸小徑，他們要押著章同的人走一遍這條路，讓章同深刻地體會恥辱。所以，死者是在回營的路上被殺的。

凶手是從對面林子裡出現的，這坡上的草只見上來的痕跡，不見下去的痕跡，所以不可能有新兵偷偷落在後面下了林子，再上來把解手落單的人殺掉，因為即便他膽大到不怕被人發現他忽然不見了，也無法知道會不會有人解手落單。

韓其初有些愣，他第一回看見少年笑，相識月餘，他待人疏離，話簡，少有情緒。今夜卻為此事一展歡顏，只為凶手並非同袍。

「周兄品性，在下欽佩。」韓其初溫和一笑，他比暮青年長，一直稱她周小弟，這是第一次稱她周兄。

暮青笑容淡了些，轉身往回走，「走吧，回去。」

韓其初頷首，下山坡前回身深望那對面山林，林深茂密，月色照不透的深處，似有一雙眼睛在盯著他們，令人背後發毛。

凶手並非同袍，才更令人心懼。

新軍軍紀嚴明，入夜紮營後任何人不得私自走動，想避開同營帳的人和值守崗哨偷偷潛出來殺人太有難度。且他們受罰演練的時辰正值晚飯，晚飯後有休息時間，新兵們會圍著篝火坐一段時間再進帳歇息。

這個時間，營帳外到處都是人，想不引人注目地離開是不可能的。

再者，就算有人有辦法溜出來，又如何能知道他們回來時會走這條羊腸小徑？

所以，凶手不僅不在他們這百人裡，也不在新軍裡。

這青州山裡，除了行軍西北的五萬新軍，還有人在！

可是，凶手隻身一人，何以敢殺西北新軍的兵？

「不要用你正常人的思維去推敲變態的心理。」暮青下了山坡，見韓其初還在坡上回望那山路，便道：「凶手的心理，要驗屍之後才能知道。」

韓其初回過頭來，見少年轉身離去。

「回去，驗屍。」

暮青回去時，章同已回營報信去了。

其餘新兵老老實實站在圈外，無人離開，也無人踏進圈內。

暮青今夜一戰成名，她手下的兵已服了她，章同的兵也皆對她刮目相看。只是一戰，她無形中已在眾人中建立了威嚴，演練已結束，她不再是隊長，無權命令在場任何人，但所有人下意識地服從了她。見她和韓其初回來，新兵們不自覺地站直了，目光中含了緊張。

暮青徑直進了那圈子，在眾多緊張的目光中，走向那屍體。她徑直走到屍體近處，抬頭，望上去。

新兵們陣陣吸氣，他們沒有上過戰場見過血，終究只是操練了一段時日的普通百姓，那屍身他們站在遠處看都覺毛骨悚然，她竟敢走到近處那樣看，是想看看肚子裡空沒空嗎？有人不自覺掃了眼地上那一攤血和內臟，又開始覺得反胃。

暮青立在近處看了會兒，默不作聲去了樹後，又抬頭往上看，也不知在看什麼。片刻後她轉回來，蹲身瞧了瞧地上的那攤血和內臟，又轉頭看了看不遠處草地上的一大片血跡，然後起身望向林子外。

等。

等了約莫兩刻，魯大帶著親兵趕來，章同在前頭帶路，老熊跟在魯大身後，樹影落在幾人臉上，皆陰沉沉的。

除了章同，來人都是西北軍的老人，殺敵無數，見到林中吊在樹上的血屍皆未露出懼意，只臉色更沉，一雙雙眼中聚了怒意和幾分古怪。古怪的是血屍吊在樹上，少年立在一旁，那容顏連怒意也不見，唯見清冷，冷靜得叫人畏懼。

魯大等人此時已在圈子內，暮青並未阻止他們進圈子，只是及時喊了停，「停住，別再往前。」暮青開口。

幾人停下之處正是那一攤血跡前，再往前一步便踩到了。

「你們腳下站著的是死者被殺後開膛破肚的地方。」暮青道。

魯大等人低頭，那血鋪在草地上，夜深月靜，月色照不清鮮血原本的顏色，只見泥土發黑，想像著腳下站著的地方曾有一人被開膛破肚，饒是魯大等人戰場殺敵無數，也覺得地裡有股涼氣兒絲絲往腳底鑽。

「既然人都到了，那就開始驗屍吧，找兩個人把屍身放下來。」暮青望著魯大身後的親兵，那倆親兵卻未動，面色古怪。

「驗屍？」魯大皺緊眉，也面色古怪，「驗屍是仵作幹的活兒，你小子能幹？」

「本行。」暮青道。

林中卻呆了一片人！

長久的死寂之後是低低切切的驚詫，漸有炸鍋之勢。

「本行？仵……仵作？」劉黑子有些結巴，今夜，周二蛋帶領他們贏了演練，恐怕大家都以為他和章同一樣，許是武將之後，再不濟也讀過兵書。哪想到竟然相差這麼遠！

石大海撓撓頭，「怪不得問這小子在家中做啥營生，他不跟咱們說。」

仵作乃賤籍，連他們這些種田打漁的庶民百姓都不如，他們倒是沒啥，就章同那性子，還不變本加厲地擠兌？

「娘的！咱們今晚輸給了個仵作？」後頭，一群敗兵表情精采。

表情最為精采的是章同，他堂堂武將之後，今夜竟輸給了一個仵作？二十年苦讀兵書，叫他情何以堪！

暮青見一時無人動，便自己走去樹後，對韓其初道：「幫個忙，把人放下來。」

韓其初苦笑，他是唯一一個無震驚神色的。顯然隨她去了趟山坡上，心中已猜得差不離。

見兩人去了樹後，魯大才醒過神來，對身後親兵使了個眼色，那兩名親兵才趕緊去幫忙。屍身放下來，抬去空地，沐著月色，那黑洞洞的胸腔和腹腔無聲向人訴說著慘烈。

暮青蹲下來將套在屍身脖子上的麻繩解下來，身後傳來數道吸氣聲。只見那脖子上血肉翻著，暮青輕輕將那頭顱一撥，那頭骨轉去後一看，竟幾乎全被割斷了，後頸只連著一層皮肉！

章同眼裡血絲如網，拳握得咔咔響，這是他的錯，如果不是他輸得沒了心神，路上沒注意過自己的兵，人就不會死。

魯大轉頭望向圈子外聚著的那群新兵，落腮鬍將臉襯得粗獷陰沉，山風一颳，有些猙獰，「叫老子知道是誰捅自己人刀子，老子非活剮了他不可！」

新兵們受驚，急欲辯解，暮青低頭看著屍身，頭未抬，只道：「凶手不是我們自己人，此事我一會兒再說。」

魯大聞言低頭瞧她，新兵們面面相覷，方才還說他們中誰離開誰就以嫌犯論，怎去了趟林外回來，他們就全數洗脫嫌疑了？

雖多有不解，但洗脫了嫌疑，沒人不慶幸。

只是這口氣還未鬆，眾人便嘶嘶抽氣，只見暮青竟將手一探，伸進了那頭顱斷開的腔子裡！

月色落在少年手指上，玉白的顏色叫人覺得森涼，少年在裡面摸了摸，道：「頸部創緣不平整，是繩索所致。骨面斷裂也不平整，似砍創，但不是……」

將手指從那腔子裡收回，順勢來到屍身胸腹部敞開的皮肉上，翻了翻，指腹上下摸了摸，「胸腹部創緣平整光滑，呈紡錘形剝開，合攏時呈線狀，周圍皮膚無表皮剝脫，典型的切創，凶器是刀！但創角不夠尖銳，創口大，創底小，是撕裂創。死者是被一刀劃開胸腹後，再徒手撕開胸腹腔的。」

徒、徒手撕開？

「繩子可以證明這一點。」暮青將放在一旁的麻繩提起來，對著月色將那斑斑血跡展示給魯大等人，「凶手將人撕開後才將繩子套在死者脖子上，吊去了樹上，所以繩子上可見握痕血印。」

暮青將繩子一展，只見繩子上一面四截血印，一面只一團。猛一看瞧不出是手指留下的，暮青將手指往上一覆，眾人頓驚，只見暮青抓著指頭粗的麻繩，那四截血印正被她的四根手指覆上，而她的拇指正壓在另一面那一團血印上！

這確實是一隻血手印！不同的只是凶手的手比暮青的大。

「類似這等血印有好幾處，還有幾處擦痕，是凶手將屍身吊去樹上時拉拽繩子用力所致。」暮青說罷將繩子放去地上，起身。這具屍身其實很好驗，比那些偽裝過的凶殺案中的屍身好驗得多，因為凶手的手段簡單、粗暴，直白地呈現在屍身上，表明了他有多崇尚原始的暴力，細節對他來說只會覺得太過柔情，他不屑一顧，因此不需去費力去找，因為根本不會有。

「魯將軍跟我去一趟山坡，案情已清楚了。」暮青說罷，徑直出了林子。

魯大、老熊、章同等人在後頭跟上，被劃在圈子外的新兵們面面相覷，最後也都嗚嗚啦啦地跟去了山坡。

山坡上，百來人擠在羊腸小徑上，暮青站在前頭，從案發時開始說。

「首先，我要說，死者並非逃兵，也非迷路，或者因輸了演練無顏回去。他只是掉了隊，因為他當時在這裡解手。」暮青指指路邊的草。

「你怎知他在解手？」章同問，那草他一點兒也看不出有何不一樣。

暮青轉頭對韓其初道：「你可以給他看看。」

韓其初頓時苦笑，回想起那攪著一團黏糊糊黃泥送來眼前的樹枝，勸章同道：「章兄還是自己瞧吧，那草下的土……咳，是溼的。」

文人就是文人，說話頗為委婉。

章同撥開韓其初，徑直走到路邊蹲下，伸手一撥那草，後頭不少眉頭一跳，表情古怪。

韓其初的話雖委婉，但不傻的都能聽懂，何況章同與他是同鄉，頗為熟稔，怎能聽不出土溼為何意？他竟親自去撥了查看，那草葉上說不定沾著尿，他也不嫌髒。

暮青微微挑眉，章同家道中落，自幼承家訓光耀門楣，奈何他乃庶族武將之後，處處受士族低看。他心氣高傲，不願受人冷眼，便從軍西北，想立功升將，讓那些低看他的人後悔，所以他激進、急於求成，甚至只因她穿了身士族華衣就將她當作假想敵，處處針對，彷彿贏了她就贏了那些低看他的士族。即便後來得知她並非士族公子，他還是一邊挑釁她一邊用心操練，挑釁她是為了引起別人的關注，用心操練是為了讓別人在關注他時發現他的成績優異。此人既自傲又自卑，傲自己武將之後一身武藝熟讀兵書，又自卑庶族出身，怕被人瞧不起。

這些都是暮青一個多月來根據章同的行為、語言和習慣得出的推斷結論，但今夜她看到了另一面。

那新兵的死讓他極為自責，如此心高氣傲的一個人竟能伏在草叢邊去查看那攤被尿液泡過的溼泥，此舉自是出於對她的不信任，但也出於對此事的自責。那新兵的死，他想報仇，想找出凶手，不想有任何一處錯漏。

暮青挑著的眉漸漸落下，看著那伏在草中的背影，眸中清冷漸化了幾分。

片刻後，章同起身，定定望了暮青一會兒，道：「你接著說。」

暮青轉身走到小徑對面，指著坡上倒伏的草痕道：「凶手是從這裡上來的，所以我們的人排除了。」

魯大、老熊和章同反應最快，跟過來探頭一瞧，面色一沉。軍中將領老兵行軍探路經驗豐富，一看那草逆著倒伏，便知是有人從下面上來。

不是自己人！三人的面色同時一鬆，想來心情與暮青當時差不許多，但隨即臉色又凝重了起來，顯然與韓其初當時的想法也差不多。

「何人敢殺我西北新兵？我們在山中可有五萬兵力！」章同沉聲道。

「很高興你這麼問，說明你是正常人，但我們的凶手不是。」暮青難得沒毒舌他，轉身又走回對面路旁，「過來看吧。」

三人領著新兵們呼啦一聲圍過去，見地上一攤血跡，還有一雙腳印。

暮青道：「凶手從對面上來，自身後襲擊了死者，捂著死者的口鼻，一刀割斷了他的喉嚨。就勢將人放倒後，人就倒在這裡，頭朝此處。看見頭後面那雙腳印了嗎？那是凶手留下的，他當時就蹲在這裡，靜待了一會兒，所以才留下了這一攤血跡。」

「靜待？」

「對。」暮青抬頭看章同，「凶手殺他的時候，我們就在前方，並未走遠，但誰都沒發現。」

世上最殘酷的真相莫過於原本可以挽救，卻最終因疏忽而錯失。

「我不信！他為何如此膽大？」章同無法接受，他無法接受自己的兵因他的疏忽死了，更無法接受人死時就在離他不遠處。

「他就是如此膽大，我以為看過屍身的人就該對他的大膽有最直觀的認知。」暮青抬手，指向坡下那道拖痕，「他在這裡靜待了片刻是因為他要將人拖下山坡，怕動靜太大被我們發現，所以他就蹲在這裡看著我們走遠。」

氣氛靜默，眾人望向小徑遠處，彷彿看見他們那時走在那遠處，有人歡欣鼓舞，有人垂頭喪氣，而他們身後，有一個人蹲在地上盯住他們的背影，那雙眼睛在黑夜裡目光殘忍而嘲諷。

「我們走後，他將人拖下山坡，拖的時候刀仍在脖子裡，這般拖拽的力道下，刀便在脖子裡愈砍愈深，所以骨面形成了類似砍創的創面。」暮青說罷起身，下了山坡，「現在，再回到林子裡。」

回到林子後，暮青站在那攤血跡旁，這回她未阻止人靠近。

「凶手在這裡一刀劃開了死者的胸腹，徒手撕開死者的胸腔和腹腔，再用麻繩將人繞頸吊去了樹上。以上便是行凶過程，我下面要說的才是重點。」少年負手而立，看向魯大。

「凶手膽大、殘暴、心理極度變態。他徒手撕開死者，崇尚原始暴力，將死者開膛破肚裸身掛於樹上，就像街市肉鋪裡被掛著的牛羊豬狗。他不把死者當人，他只把自己當人，或者他把自己當作天神，總之他享受高於一切主宰生命的快樂，視掌控生死為終極權力。此乃縱樂型的殺手，動機源於享受。所以，不要奇怪他為何敢殺西北新軍的兵，五萬大軍在他眼裡是五萬生命，這只會讓他更興奮。」

山林茂密，風吹來，更幽寂。

「魯將軍，借一步說話。」暮青看了魯大一眼，走出林子。

片刻後，魯大獨自出來，身後連親兵都未跟。

「你小子，行啊！」魯大眼中有讚賞神色，卻因死了新兵之事沒露出幾分笑意來，只問：「叫老子出來，是有啥話不方便說？」

「我不方便說的是，系列殺人案的凶手多有情緒冷卻期，凶手會預謀犯罪，幻想自己殺人的場面，然後挑選受害人。當時機適宜，並且上一次殺人帶給他的激情已經冷卻時，他就會實施下一起。這段冷卻期可能是數日、十數日或者數月。此乃系列殺人案的規律，但遺憾的是我們的凶手是縱樂型的殺手，此規律對這一類型的殺手無參考意義。縱樂性殺人受害者之間無共通點，為隨機選擇，並且凶手不存在情緒冷卻期。」

暮青說了一堆，魯大的眉頭擰的結愈來愈緊，眼中的風刀明晃晃。

「啥意思？」他已大致猜出，問此話時臉色已沉。

「意思就是，還會有下一個受害者。」暮青說出了魯大心中的擔憂，並且補充：「棘手的是，無法估計凶手下次殺人會是何時，也無法估計他會挑選何人。」

也就是說，人人都有危險。

這便是暮青沒有當眾把話說完的原因。

今晚的事，那些新兵可能會認為是單一案件，因為即便她說凶手殺人是為取樂，人的固定思維還是很難改變。新兵們還是會認為凶手殺了一人，已經挑起了西北軍將領的怒火，不會再敢犯下一起。既如此，暮青沒有必要非得說出實情，這些新兵親眼見過屍身，對凶手的殘暴有直觀的了解，如果讓他們知道自己有可能成為凶手的下一個目標，像今晚死去的人那樣慘死，他們定會恐懼。

新軍在外，不易生事端。暮青沒猜錯的話，今晚這件案子軍中將領一定不會對全軍公開，今晚在場的人定會被下封口令。

新兵們以為案子結束了，又出於對軍中將領的敬畏，許會守口如瓶，可如果讓他們知道實情，他們定會極度恐懼。

人在極端情緒中時，行為是很難控制的，事情萬一傳了出去，或者被添油加醋傳了出去，恐慌就會像瘟疫般蔓延全軍。

萬一出現逃兵潮，西北軍隨軍的三千將士根本就控制不住這五萬兵。

這也是今夜暮青不允許任何一人離開林子的另一層原因，難保不會有人沒腦子，將此事當故事說出去解悶，就像她今夜聽見的那個「娘子大腿雪白」的故事一樣。

「你小子，心細！」魯大拍拍暮青肩膀，她心細這點在賭坊那晚他就領教過了，只是沒想到她還能領兵，還是仵作。

仵作雖是賤籍，但軍中不認這個，能殺胡虜的就是好兵！且這小子會驗屍，膽子特大，這在軍中是難求的寶，上戰場殺敵不怕見血，場面再慘烈他大概眉頭都不皺一下。

「待到了西北，老子定向大將軍舉薦你！」魯大道。這小子如今已嶄露頭角，進了西北一路剿匪，他再給他些機會好好表現，到時向大將軍舉薦就不算任人唯親，應該叫舉賢任能，哈哈！

找到了棵好苗子，大概便是今晚唯一的一件好事了。

但想到那殺手，魯大剛舒展的眉頭便皺了起來，點頭道：「行了，老子知道了，此事回去得跟顧老頭商量，先回營再說。」

魯大說罷便趕著回林中，暮青卻在背後又喚了一聲。

「將軍，還有件事。」

「還有？」

「這件事沒有證據，只是我心中的疑慮。我且說，將軍且聽，若沒有最好，若有最好留心。」暮青道。

「你說！」

「將軍可有想過凶手從何處來？為何能恰巧碰上回營的我們？」

魯大面色一沉！

「我們紮營之處在青州山山腹，附近百里無人煙，凶手殺人即便要挑偏僻處，怎會偏僻到這裡來？」

「你說凶手不是青州百姓或者路過這裡，是專盯著我們來的？」

「我們今夜演練是將軍臨時決定的。」暮青提醒道。

魯大倏地盯向暮青，目光如刀，「你是說，老子身邊有內奸？」

「不一定在將軍身邊，演練之事宣布時將軍並未避人，且那時百人譁鬧，旁邊營帳的人也都知道，這等熱鬧向來傳得快，等我們領命而去時，事情就能一傳十十傳百，傳出好幾里去。若軍中確有內奸，此事便不太好查，範圍有些廣。當然，此事也可能只是湊巧了，世上也是有這等湊巧之事的。」暮青實事求是道，所以她說此事沒有證據，只是她心裡存疑而已。

「好，老子知道了，這事兒會留心。」魯大拍拍暮青肩膀，問：「還有別的嗎？」

「沒了。」

「回營！」

事情的處置如暮青所料，魯大回到林中後，便下了封口令——事若傳出，便斬百人！事若嚴守，考核從優！

魯大恩威並施，新兵們心存敬畏地立了軍令狀。

眾人就地埋了那死了的兵，孤墳殘碑，就此留在了這莽莽青州大山中。

臨走時章同在最後，暮青回頭時見他跪在那孤墳前，鄭重磕了頭，起身時與她四目相觸，目光複雜地轉開了臉。

回到營中後，眾人統一口風，說那兵路上鬧肚子落在後頭，眾人找到後已經拉得虛脫了，魯將軍去瞧了瞧，命人伐了木做了擔架，繞小路抬去十里外的軍醫帳中了。

既然人是被抬去軍醫帳中的，那自然就得有抬人的人跟著去，於是暮青和韓其初就成了那關愛同袍自告奮勇的兵。兩人「去了十里外」，自然不能隨眾人回營，便抄小路候在五里外，跟著巡營回來的魯大一路去了大軍營帳。

魯大不是隨便點了暮青和韓其初「抬擔架」的，而是因為今夜出了這麼大的事，魯大需與顧老將軍回稟，便把兩人帶來了。

大軍牙帳高闊，燈火明亮，四角置燈，上首一案，案後坐一花甲之年的老者，虎威銀甲凜凜如鐵，照得老者目含劍光，面色紅潤，鬍鬚花白。老者身後，置一高闊的武器架，其上橫架一刀，刀身三尺，燦若霜雪，其刃對著帳外，令人目光一落，便覺那刀鋒逼人，不敢直視。

顧乾老將軍花甲之年，戎馬一生，聲名赫赫。西北軍未建時，他便戍守西北邊關，元修剛去西北軍中歷練時便是顧老將軍帳下的兵，如今元修雖為西北軍主帥，位在老將軍之上，仍敬他如師長。

暮青和韓其初向顧乾細述了凶案細節，老將軍幾番以審視的目光打量著她，讓他們出來時已夜深了。軍中已下令夜裡不得私自走動，兩人這夜便宿在了魯大的親兵帳中，只待明日一早再回去。

但天剛矇矇亮，魯大便掀了帳簾大步走了進來！

暮青翻身起來，看魯大的臉色便知不好，問：「昨夜死人了？」

魯大沉著臉，轉身便往簾外走，「跟老子去瞧瞧！」

昨夜全軍宵禁，但第二個受害者還是出現了。

死的那兵昨夜鬧肚子，不好不叫他外出，起初他陌長陪著他，後來嫌他跑的次數太多，那味兒又太薰人，見再有一個時辰天就亮了，宵禁快解了，便沒再陪他。

也正是那一次，他沒有再回來。

他陌長覺得去得太久了，這才往林中找，結果發現了他的屍身。

屍身的慘烈與第一件案子一樣，但還好發現的那陌長是西北軍的老兵，知道事情的嚴重性，沒聲張，只趕緊報了軍帳。魯大帶著暮青和韓其初來時，林外已有他的親兵把守。

因未到晨起的時辰，還沒有新兵發現林外的戒嚴，因此魯大要求驗屍從速，趕在新兵晨起前驗完。

這起案子的手法與昨夜是一樣的，人同樣是被開膛破肚，裸身吊在樹上，但屍檢結果略有不同。

屍體放下來後，繩子拿掉後，那脖頸的創口沒有第一具屍身那麼深。第一具屍身的頭顱都快掉了下來，頸後只有一層皮肉連著，這一具頸部創口清晰平整，兩頭尖，中間深，呈圓弧形。

暮青看過之後皺了眉頭，抬頭望向魯大，「凶器是彎刀！」

彎刀？

魯大和那陌長同時沉了臉！

彎刀在西北軍的老人心裡，等同於胡人。

「有胡人進了山？」那陌長驚問。

魯大瞥他一眼，問暮青：「昨夜為啥沒說是彎刀殺的人？」

那陌長一愣，昨夜不是自己的兵死了嗎？人這不是在地上驗著嗎？怎麼還問昨夜？但他一想又覺不對，自己的兵是昨晚鬧的肚子，死時是今日凌晨……

他忽然便驚住，昨夜還有人死了？

暮青道：「昨夜人在山坡上被殺，刀架在死者脖子上直接拖下了山坡，致使創口多次遭到破壞，驗屍時頭顱已只剩後頸一層皮肉連著，當時只能斷出凶器是刀，很難細斷。」

若有精密儀器檢測骨面創痕，許能根據報告細緻推斷，但此處哪有精密儀器？驗屍時又是夜裡，光線條件也不具備，只能做出那等程度的推斷了。

「但今早這起案子，附近沒有山坡，人是被殺後就地剝了衣衫開膛破肚吊去樹上的，頸部創緣雖遭到繩索破壞，但未及深處，尚能驗出創道。」暮青說話間將那屍身的頭頸微抬，將頭顱向後一壓，那血糊糊的皮肉、血管、軟骨便暴露在眾人眼前，暮青在那創口處用手指虛虛劃出道弧，「看見裡面了嗎？弧形的。」

她將手收回，屍身的頭頸放平，目光落去十步外的草地上，那地上長草掩著攤穢物，草長但不密，一眼就能看見「人是在那裡解手的，他解手完想回去時，凶手襲擊了他。」

暮青起身向那草走去，魯大以為她要像昨晚一樣去細查那草中穢物，結果她只看了眼草上的血跡，便轉過身來往回走了兩步，停下時旁邊前方的草地上又見一片濺出的血跡。暮青看過後道：「凶手是在這個位置襲擊了他，血噴出來，凶手將刀一撤，才有了後頭那串拋甩狀的血跡。然後凶手將他就勢放倒，劃開並剖開胸腹，這裡的大片血跡可以證明。總的來說，犯案手法與昨晚的一致，殘暴嗜血，果斷乾脆，現場沒有拖拖拉拉的痕跡。且此處林子離前方營帳只有百步，凶手在離軍營如此近的地方都敢殺人，其膽量也佐證了是同一人所為。」

暮青又走回屍身旁，拾起那丟在一旁的軍服，上面有血手印和擦拭狀的血跡，「凶手犯案後，拿衣服擦了手和刀，然後才離開。」

暮青掃了眼林子，前方是軍營，後方是林子，邏輯上凶手會從林子裡離開，但是這處林子離營帳太近了，昨天紮營後定有不少人來此解手，遠處的草地都踩得很雜亂，這麼望一眼，找不到有線索的腳印。暮青只得抬腳往林中走，新兵們解手不會去林中太深處，說不定深處可以找到凶手從哪裡離開的線索。

魯大、那陌長和韓其初在後頭跟著，沒人打擾她，且她明顯是要找腳印，三人便也四處看，想看看草痕有何不對之處。

這林子頗深，走進去後草有半人高，哪裡塌了一片很好發現，四人放眼一望，卻沒找見！山林遠處已有金輝漫天，晨風拂著草尖兒，綠油油的草浪迎著金輝，靜謐壯美。

這景致卻無人欣賞，那陌長只覺背後發冷。沒有腳印，凶手看起來就像是殺人之後憑空消失了一般！

「難不成，凶手根本就沒走？他、他躲在軍營裡？」那陌長驚問。

「不，他走了。」暮青道，目光落在遠處，「聚過來，看那邊。」

三人聞言向她聚過來，循著她的目光望去，只見前方一丈外有棵樹，樹身上一人高的位置樹皮上有塊泥印。

腳印！

樹身上有腳印，凶手會輕功？

魯大大步到了那樹前，盯著那樹身上的泥印，臉色陰沉。他又往前找了幾步，在丈許外又見一腳印，高度還是一人高，順著那腳印又往裡走，只又找見三處腳印，便再也尋不出了。凶手輕功離去，腳下的泥印蹭去樹身上，愈蹭愈少，便漸漸尋不著了。而這林子遠處便是深山，山脈延綿數十里，已無法推測凶手去了哪個方向。

暮青望著那樹身上的印子，皺眉深思，似有不解之處。

聽韓其初在後頭開了口：「將軍，末將在家中時讀過些山圖地理雜記，記得這青州山中曾有一族，名為估巴族。此族世代居於深山，常以活人祭山神，以祈長生，進山砍柴打獵的百姓常遭毒手。此族擅機關之術，官府屢次清剿不下，死傷無數，最後索性一把山火燒了大片山林。志中記載，山火延綿百里，數日不絕，從那以後便再也沒見過估巴族，應是全數燒死在了山中。末將以為，此族既擅機關之術，定有藏身祕處，是否尚有餘孽存世，此番衝著我西北新軍來，是為了報一族之仇？」

但……那清剿燒山按書中記載乃嘉永年間的事，嘉永年間距今已有兩百餘年。

當然，也不能因年代久遠便排除凶手是此族人的可能。凶手殘暴，倒頗有此族之風。

「估巴族人喜用彎刀嗎？」暮青問，眉頭依舊深鎖，「我有一處想不通。凶手將人當獵物，享受狩獵並掌控生死的樂趣，他為何會以輕功離開？在空中高來高去，難道不懼被軍中崗哨發現？以他的膽量，他自是不懼，但他肯定不喜歡被人發現。因為他享受掌控獵物的樂趣，萬一被發現追趕，那他就成了獵物。他不會喜歡這種感覺，享受不到掌控的樂趣或者破壞這種樂趣，會讓他變得狂躁，我想不通他為何會做讓自己狂躁不喜的事。」

用輕功離開，她想不通。

砰！

魯大忽然一拳砸在了樹身上，枝葉嘩啦啦下了場雨，劈頭蓋臉落了一身，他轉頭，眼底血絲如網，帶著那滿頭滿肩的枝葉，看起來似山中野人，頗為嚇人。

「有啥想不通的，這狼崽子就他娘的是胡人！」魯大怒道。

暮青微愣，瞧了眼樹身，那樹身已裂，魯大的拳正砸在那腳印上。她眸中清光一亮，問：「將軍是憑輕功斷言的？」

她從兇手的心理、作案手法等方面推理是不會有錯的，如果有漏處和想不通的地方，必定是她不擅長之處。那就只有輕功了，她不懂內力。

果見魯大一臉猙獰嘲諷，「哼！高來高去？小胡崽子高得起來嗎？漠北之地，黃沙斷岩，樹少草荒，他們那一路的輕功跟咱們不一樣，就他娘的踏著沙壁走，跟黃蜥壁虎似的，高不起來也飄不起來，就是蹦得快，高度頂多一人高。就他娘的這個高度！」

魯大又猛一砸樹身上的腳印，木屑齊飛，漢子的粗拳陷入裡面，將那腳印砸得沒了影，「別的老子瞧不出來，這種高度的輕功老子太熟悉，在西北待了好幾年，瞧不出來老子就是瞎了眼！」

原來如此！

暮青眉間疑色忽散，這種輕功無法高來高去，一人的高度高不過樹身，反而可以將身影掩入林，快速離開。

如此，便與凶手的犯罪心理不矛盾了。

但那陌長和韓其初的眉頭卻擰了起來，顯然，凶手是胡人還不如是估巴族人。

青州山中竟有胡人！

「青州乃西部與西北交界之地，如今戰事緊，邊關戒嚴，胡人……是怎麼繞過整個西北地界，進了青州的？」韓其初面有憂色，眼底卻見清明神采，顯然他想到了胡人為何能進青州，只是他頗通人情世故，不願直說，以避擾亂軍心之嫌罷了。

魯大的臉色又陰沉了幾分，昨夜暮青與他說軍中許有奸細，但尚不確定，今日就確定了。新軍不走官道，入林中行軍，走哪座山頭，哪條路線都是軍帳中根據練兵需要制定的，胡人能知道他們在青州山中，還尋到了紮營之處，若說新軍中無細作，誰信？

而且，韓其初說得對，胡人在進入青州山前，先得繞過整個西北地界。西北戰事緊，國門緊閉，胡人是怎麼進的邊關？

內奸可能不只新軍中有，在西北軍中也有！

大將軍如今在西北主戰，他和顧老頭都不在身邊……

魯大沉著臉轉身便大步出了林子，「回軍帳！」

暮青和韓其初一起跟著回了軍帳，將驗屍的發現詳細報告給顧老將軍。今晨死的那新兵還好只有他陌長發現，人被魯大的親兵抬去後頭林中悄聲埋了，那陌長也謊稱人昨夜腹瀉虛脫，送去了軍醫帳中，以期將此事就此遮掩。

但昨夜凶手才殺一人，今晨便又動了手，這幾乎沒有冷卻期的瘋狂犯案讓暮青對此事能長久遮掩並不樂觀。

山中八月，林茂風清，晨風舒爽，卻吹不散人心頭聚著的那團陰霾。

魯大一個時辰後出來，對暮青道：「你們先回去，和老熊盯著那群兵，別叫他們哪個說漏了嘴，把事情露了出去。」

暮青和韓其初昨夜是以送同袍去軍醫帳中的名義來的大帳，如今也是該回去了。兩人回去時要繞小路，魯大不放心，派了一隊親兵跟著，下了山坡時，正見軍中在傳令。

「傳令——全軍原地休整一日，明日山中演練，今日做戰時準備，營帳中待命，私自走動者，軍規處置！」

那傳令官手執令旗，自各營帳上空飛走，帳頂紅纓在那人腳下如紅花悄綻，人過處，帳珠不動，輕若團雲，一渡百步。

暮青目光忽而一聚，好厲害的輕功！好熟悉的聲音！

「怪不得昨夜我們到了湖邊時，旗子已插上了，原來軍中傳令官這等好輕功！」韓其初讚道。軍中傳令本該騎馬，山中林深茂密，時而無路，馬匹難行，以輕功傳令倒是人盡其用，西北軍中果真是人才濟濟。

他的聲音將暮青的思緒打斷，再想細看時，那傳令官身影已遠，只得將此事且放一邊，先回營。

回到營帳時，除了崗哨值守，帳外皆無人走動。

暮青和韓其初進了帳中，見章同盤膝坐在席子上，手裡拿著把小刀在削樹枝玩，聽見有人進來，頭未抬，只手中動作頓了頓。

石大海和劉黑子卻歡喜壞了，圍著暮青和韓其初打聽顧老將軍長啥樣兒。

暮青不擅此事，便交給韓其初一人應付，自己思索案子去了。

這一日，只有飯時可結伴外出，其餘時候皆不得出帳，出去解手都要去陌長營帳中告知一聲。

睡前暮青出去解手，哪知剛出帳，章同便跟了出來。

「你去哪兒？」

「解手。」

「一起。」章同道。

「不要！」暮青拒絕得乾脆，隨後便去了陌長帳中請假。

暮青昨夜贏了演練，後又驗屍斷案，老熊已對這個小兵刮目相看，見她來了，冷毅的臉色鬆和了些，囑咐道：「別走太遠，林子邊兒上就成，完事趕緊回帳歇息。明天全軍演練，老子等著瞧你的表現！」

暮青應了，出帳便去了林子。剛到林子邊兒，她便聽到後頭有腳步聲，轉身時見章同跟了過來，臉色有些陰沉。

暮青也冷了臉，「你有斷袖之癖？喜歡看男人遛鳥？」

章同臉色更黑，「誰愛看你！我問你，為何今天沒罰我們？可是軍中又出了事？」

昨晚魯大說今日要他們當著全軍的面負重操練，可今晨軍中傳令做戰時準備，營帳中待命，不得私自走動，也沒人來傳他們操練。這肅穆壓抑的氣氛令章同隱約感覺出了異樣。

「顧老將軍下的軍令，魯將軍無權更改，我更無權過問。放心吧，我覺得你的操練是少不了的，只是今日全軍休整，閉帳不出，你們負重操練也無人看，更無處丟人。」暮青道。

「你！」章同一怒，目光如劍般盯了她一會兒，大步進了林中。一會兒，他出來，又大步回了帳中。

暮青見他遠遠地進了營帳，這才轉身往林中去。

有人入林，蛙聲蟲鳴頓歇，只聞腳步聲窸窸窣窣。暮青入了林，身後營帳的燈火漸漸離她遠去，她依舊往林深處去。夜色漸漸吞噬了燈火，唯月色灑入林中，斑斑駁駁。

暮青停下時入林已深，四周樹多草密，頗易隱藏。她往再深處瞧了瞧，見更深處樹冠遮了月色，黑不見物，便轉身背對軍營的方向，面朝林深處，避去草後，盯著那黑暗處，手放去衣帶上。

衣帶剛要解，身後蛙聲蟲鳴忽停，一聲草葉響似隨風送來。

窸窸，窣窣。

暮青的手頓收，倏地回身，身後多了道人影！

那人影逆著月色，暮青指間雪光起時，聽他一笑：「呵呵。」

這笑聲在深夜林中絕不會叫人感覺美好，暮青的動作卻突然停了。

好熟悉的聲音！

她正盯著那人細瞧，那人已走了過來，故意側了側身，叫月光照來臉上，給她瞧清楚。只見那男子玉面鳳眸，狹長微挑，一身軍中低等軍官服制竟能被他穿出風花雪月的氣韻來。

暮青眉頭皺了皺，「魏卓之？」

「正是在下。」魏卓之笑道，衝她眨了眨眼，「周兄不意外？」

「意外。」暮青手中寒光忽起，冷問：「為何跟著我入林？」

魏卓之聞言輕咳一聲：「呃，打個招呼。」

其實他是知道軍中出了事，而她牽扯了進來，所以打算今夜來提醒她小心，結果看見她往林中深處走，不放心便跟了過來。後來瞧她似要解手，他退也不是，進也不是，只好發出點聲兒來。

暮青不傻，自然心知。以魏卓之的輕功，這一路跟著她進來她都沒聽見，若想行不軌之事，何須發出聲音讓她警覺？

「今晨是你在軍中傳令？」暮青將刀收起，雖問，卻也心中肯定。那人輕功了得，聲音又熟悉，不是他還能有誰？

「正是在下。此番徵新軍發往西北，邊關戰事緊，亟需一批藥材，在下家中行商，便獻了批藥隨軍送往前線，順道來軍中謀個前程。」魏卓之笑道。

「哦，前程。」暮青淡看一眼魏卓之低等軍官的軍服，挑眉，「傳令官的前程？」

謀前程這話是不可信的，他與步惜歡過從甚密，竟要去元家嫡系的西北軍中謀前程？他若想入仕，跟著步惜歡，日後封侯拜相也不是不可能，來西北軍中混個小小傳令官？

步惜歡派他來當眼線還差不多！

「咳！」魏卓之猛一咳，乾聲一笑：「還會升、還會升……」

「升斥候長？」暮青問。

斥候，哨探偵察兵，戰時負責前方探路，偵察敵情，需跑得快，報信快。跑不快萬一被敵方發現會被打死，報信慢延誤了軍機會被軍法處置。

魏卓之無語苦笑，問：「我在周兄眼裡，就只能幹跑腿的事兒？」

「不然呢？聽說你武藝平平。」

噗！

魏卓之被一箭射中，捂著胸口退遠，眼神幽怨，「周兄，妳……真乃殺人無形的高手。」

他敢保證，這姑娘是在報他剛才驚嚇之仇。這記仇的性子，讓他忍不住搖頭，低聲咕噥：「你們真是，不是一家人不進一家門。」

「誰跟他是一家人？」暮青臉一沉。

「咦？在下有說是誰嗎？」魏卓之挑眉，忽笑。

暮青愣住，魏卓之長笑一聲，認識她這段日子來，總在她手上吃虧，今晚總算扳回一城。

「口是心非，欲拒還迎，天下女子皆有此好。」魏卓之笑了笑，笑意低淺，不知為何竟有淡淡悲傷之意，連聲音都低淺如風：「我還以為姑娘會是個例外。」

暮青抬眼，目光微冷，轉身便往林外去。

魏卓之微愣，抬眼遠望，見風拂起少年束著的髮，現那背影挺直堅毅。

聽她道：「我若有心，絕不口是心非。」

身後只聞風聲，直到暮青將要走遠，才聽魏卓之道：「昨夜與今晨軍中生事，周兄需小心。」

暮青步子忽地一頓，轉身，「你知道？」

此事嚴令封口，魏卓之竟知道！他如何知道的？若他能知道，是否代表還有人能知道？

「軍中眼線甚雜，不只有我們的人，還有朝中許多大姓豪族的，即便有敵方眼線都不奇怪。周兄擅察言觀色，但此能還是莫要輕易顯露的好。軍中暗中勢力如渾水，周兄若未能在軍中立穩，切記小心。」魏卓之立在遠處未走過來，那聲音少有的嚴肅，平日玩笑之意盡斂。

暮青看了魏卓之一會兒，「你以為天下像他那般開明的有幾人？」她來軍中是謀權的，戰功於她來說是首要。若無人慧眼識珠，她說出只會於升職有礙，此事她心中早有數。

但她轉身離去時還是道：「我知道了，多謝。」

暮青換了處地方解手，回了營帳。

一夜無事，次日晨起，暮青到了帳外刷牙洗臉時見新兵們都面含興奮之色，見她出帳，那晚她帶的兵皆向她請早。暮青頷首，知道行軍月餘，操練枯燥乏味，新兵們早想把本事拿出來用用了。前夜她領兵贏了演練，事已傳開，全軍更加鬥志昂揚。

一切看起來都在預定軌道上，集合前，營帳外忽然來了人。

暮青遠遠瞧見那一隊人是魯大的親兵便心沉了下來。

「奉魯將軍之命，周二蛋、韓其初，前往大帳聽令！」

軍令一下，暮青和韓其初自然不能違，兩人離開時，新兵們神色有些不安，章同從帳中出來，目光如劍，卻道：「瞧什麼？贏了演練，大帳聽令，定是升職之事。」

新兵們的臉色霎時從憂轉喜，暮青回頭深望章同一眼，跟著親兵隊離去。路上暮青便從親兵們口中得知，昨夜，出了第三起案子！

這回沒那麼幸運，發現屍體的是一隊伙頭兵，死的也是個伙頭兵。

軍中雖戒嚴，但伙頭兵要生火造飯，天不亮便起來去河邊打水。一名伙頭兵去打水，一去不回，其他人等得急了來尋，在河邊未尋見人，只發現有塊石頭上斑斑駁駁，拿火把一照，驚見是血，那一隊伙頭兵便炸了鍋。

河邊不遠便是一處林子，那群伙頭兵見地上有拖拉的痕跡，便尋了過去，結果發現了第三具吊在樹上的屍身。他們驚恐之下急急忙忙奔回營中，一路喊人，然後便炸了營。

親兵們奉命來帶暮青和韓其初前去時，魯大已趕過去安撫軍心了。

這一次的案發地離暮青的營帳很遠，足有十里，一路速行，到時林外並無鬧哄哄的情形，看來軍心已暫時安撫，只不知魯大用的是何法。

暮青且不管此事，她要做的是驗屍。

手法與前兩起一樣，並無出入，只是這回的案發地在河邊。

魯大這兩日臉色就沒晴過，眼下已有青黑，道：「老子告訴那群孬兵，是咱們西北軍常剿匪，西北地界的馬幫恨咱們入骨，便越過青州界來了這山中，殘殺新兵。老子已答應他們取消演練，改做實戰，搜山剿匪，抓到匪徒全軍面前血祭。這群兵蛋子的火被老子給煽起來了，暫時忘了怕，逃兵現在還不會有。不過事情是遮掩不住了，傳回你營帳那邊，前夜那百來名新兵不知會不會恐慌，這事兒得速速解決！若今兒搜山未果，再有下一起，軍心就難控了。」

他和顧老頭商量了兩個法子，一是讓人拿了大將軍的權杖往青州府去，調出個死囚扮成馬匪給全軍出出氣。但要行了此事，就得保證沒下一起案子，不然要被全軍知道馬匪是假的，定有譁怒。二是全軍開拔，速行出青州，甩掉那胡人狼崽子。但青州山延綿百里，五萬大軍一日行軍根本出不去青州界，那狼崽子要是有殺心，一路潛伏跟著大軍，照樣能殺人。

商量來商量去都無好法子，他心裡窩火，卻又實在沒辦法了。

「將軍不必心急。」暮青從屍身旁起來，眸中已有清光起，「世上沒有完美的凶案，細心搜尋定有破綻。我想，我們有辦法見見這位凶手了。」

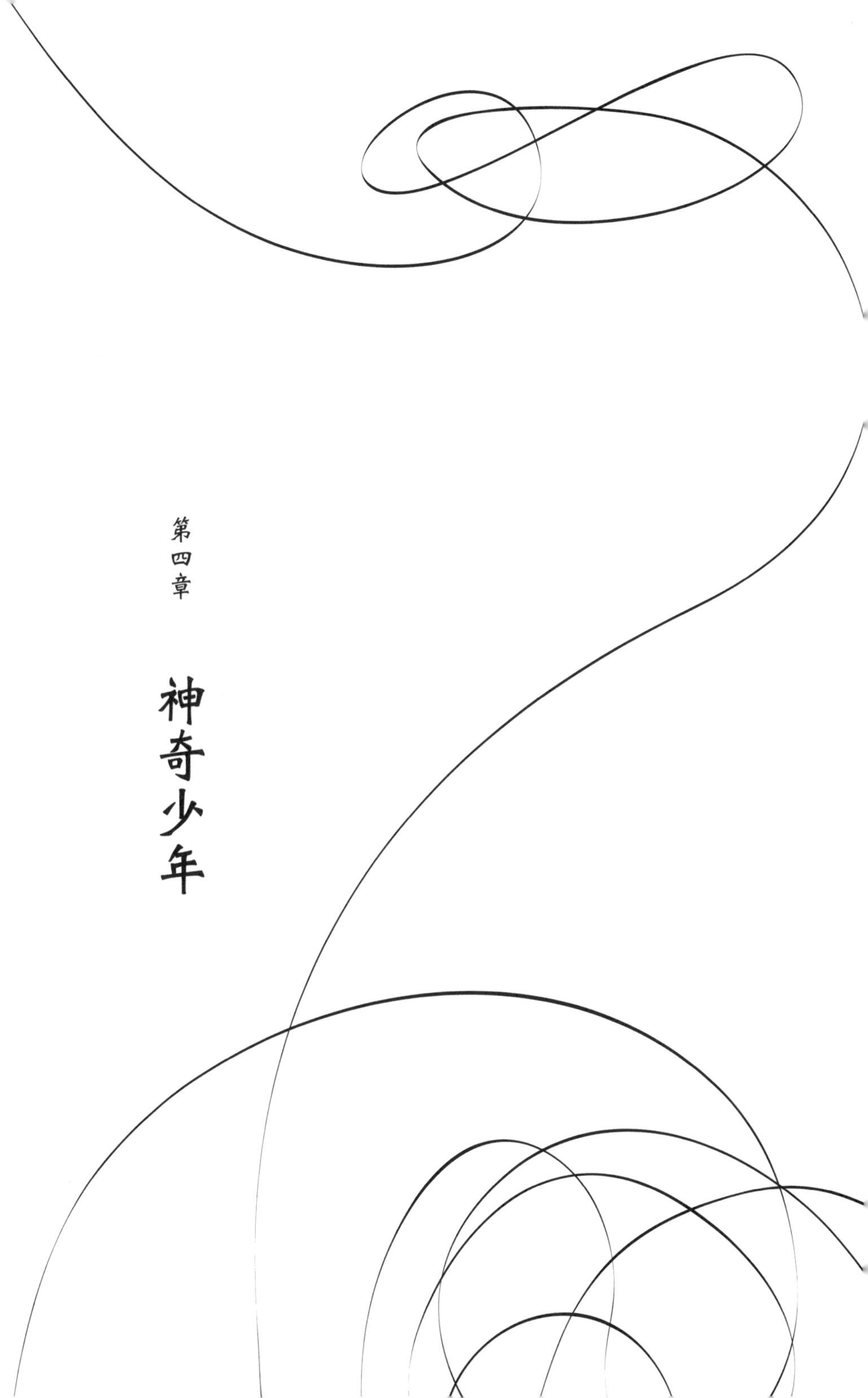

第四章

神奇少年

河邊草密石青，暮青立在染血的石旁，轉身看向跟來的魯大和韓其初，「凶手犯案愈多，關聯犯罪地點也愈多，就愈容易分析出他的心理地圖、行為規律和心靈歸屬點。前夜到今晨，三起案子，三個作案地點，小徑、林中、河邊，作案地點無關聯，但拋屍地點有共同點——林中！前夜和今晨，凶手在小徑和河邊殺人後，都將死者轉移到了林中，案發第一現場與拋屍地點不在同一處。但昨日凌晨的那起不同，案發第一現場和拋屍地點在同一處，因為死者被害時就在林中。」

「變態殺人案的凶手殺人，大多是為了滿足幻想。他們幻想殺人的場景，把自己想像成一個身負特殊使命的人，或者高高在上的主宰者，對被害者實施制裁或掌控，所以他們的作案模式往往有濃烈的個人色彩，犯案愈多，他們的犯罪心理和犯罪地理地圖就會愈容易被繪製出來。這三起案子，凶手的拋屍地點都在林中，死者若非在林中被害，他便會將人殺死後帶到林中。密林這個地點於他來說不是單純的拋屍點，而是他實施掌控的聖地，因為對他來說殺人並不是重點，重點是將死者像獵物一樣剝光衣服、開膛破肚、暴力撕扯，並吊去樹上的這個過程，這個過程才是滿足他掌控和支配樂趣的所在。而這些重要的過程他都是在林中完成的，三起案子都無例外。所以我認為，密林是他的偏好之處。」

魯大擰著眉頭聽，聽完眉頭擰得更緊，「這山裡啥不多，林子到處是！老子怎麼知道在哪個林子裡抓那狼崽子？」

這小子所說的清楚了就是指這個？

這沒啥用處！

「山中林子到處有，但離此地五里外的林子，我想我們遇見凶手的機會會高很多。」暮青道。

魯大面色一變，「啥五里外？你小子別賣關子，給老子說清楚！」

暮青目光清冷，道：「我從不賣關子，我分析案情不喜歡說廢話，將軍耐心聽完自會知道我所說的句句有用。」

魯大煩躁地捏一捏發緊的眉心，耐心！他現在最缺的就是耐心！

「好吧！你說，老子不打斷你！」

「將軍可記得，前夜演練，清風湖與我們的營帳有多遠？」暮青問。

「五里！」魯大道，那是他指定的去處，怎會忘？

「那軍中大帳離我們營帳有多遠？」暮青再問。

「五里！」

「軍中大帳離昨日凌晨的案發地不遠，也就是說，昨日那案發地離我們營帳又隔了五里。而今早我們路行十里過來，即是說，昨日與今日的案發地又相隔了五里！我說過，凶手犯案愈多，犯罪心理和犯罪地理地圖就愈容易被繪製出來。現在，凶手的犯罪地理地圖已經明確，五里殺一人，拋屍地在密林。」

魯大和韓其初聞言，眼中皆有激動之色。

五里！他們竟都沒注意到！

如此說來，只需在離此五里外的林中埋伏，就有可能抓住凶手！五里外的林子，需要埋伏的範圍雖然也不小，但是比起整個青州山，已經縮小到令人心潮澎湃的程度了。

「可是……」韓其初有些憂慮，「這三起案子都相隔五里，便可確定下一起也會在五里外？萬一凶手心血來潮，隔了十里、八里呢？」

「不會。」暮青堅定搖頭，「變態殺人案的凶手作案模式都有濃烈的個人色彩，一旦一種模式讓他感受到愉悅，他便不會輕易改變。除非，他在作案時感受到了威脅。」

她前世被請去偵辦的變態殺人案，確有凶手會不斷地改變作案模式，與警方鬥智鬥勇。但那是在警方不斷偵察的情況下，為了不被抓獲，凶手會不斷地更改和改良作案模式。

「眼下凶手作案三起，我們三次都被凶手牽著鼻子走，跟在他身後遮掩新兵的死亡真相，疲於安撫軍心。我們如今在凶手眼中是被他戲耍的獵物，還沒有被他視為對手，他感受不到威脅，所以不會更改作案模式，反而會樂於欣賞我們的手忙腳亂。」

魯大的臉色又陰沉下來，韓其初也不再言，顯然暮青的解釋已將他說服。

「既然凶手的作案模式不會輕易改變，那麼凶手的作案時間規律也已明確。前夜和昨日凌晨，凶手看似一夜殺兩人，但其實時日上屬兩天，今日又在凌晨。所以，凶手的模式是一日殺一人。鑒於他今日已殺過人，所以今夜子時前他都不會動手，他再次作案的時辰定是在子時到凌晨。」

暮青看向魯大，總結道：「此處五里外，營帳附近的密林，今夜子時到凌晨，落單的新兵——滿足這四個條件，我們就可以見到凶手！」

少年轉身，沐一身晨輝，那般單薄清冷，卻叫望見的人心潮澎湃。

魯大和韓其初皆呼吸微急，魯大轉身便要去安排。

「我的話還沒說完。」暮青卻道。

魯大停步轉身，「還有？」

「還有。」暮青道：「方才我說的是凶手的犯罪地理地圖，現在我要說他的犯罪心理地圖。」

犯罪心理地圖？

魯大皺眉，那是啥玩意？

「方才我說，凶手偏好密林作案。準確的說，不是密林，而是黑夜中的密林。林中樹密草深，夜黑遮人，很像一個幽祕空間，黑暗，幽閉。這不是大多數人喜歡的環境，喜歡這種環境的人大多孤僻，極度缺乏安全感。缺乏安全感大多是幼年時期造成的，而大多數變態者都有情感上的創傷。我們的凶手選擇黑暗、幽閉之地來掌控和支配他人的生死，我猜他幼年時期曾在與這類似的地方遭受過創傷。他曾經在黑暗幽閉之處被人掌控和支配過，所以他現在選擇同樣的地方來掌控別人，以證明他已強大到成為這個曾經讓他感到害怕之處的掌控者。」

這與從小遭受家暴的孩子，長大後通常會成為家暴的實施者是一個道理。

「凶手是個聰明人，你們認為他為何五里殺一人？他不單單是個殺人者，他是胡人，殘殺西北新軍不會單純為了取樂，他更為了亂我軍中士氣。大軍紮營山中，遇事傳十里需些時辰，傳五里的時辰卻短得多。五里是於他最有利的距離，再短了他被我們發現的機率就會增高很多。所以，凶手不僅聰明，而且狡詐。」

「還有，前線戰事正緊，西北軍與五胡聯軍廝殺正烈，凶手孤軍深入敵後，憑一人手段亂我五萬新軍，好大的成就感，好高的戰功！」暮青哼了一聲。

魯大激動漸斂，面色又染了陰沉。

「現在，凶手的特徵已經很豐滿了——狡詐、殘暴、膽大，幼年時期生活黑暗、渴望戰功，會輕功，身手矯健。」暮青望向魯大，問道：「魯將軍在西北多年，與胡人作戰無數，可能想起符合這等特徵的人？此人能深入我大興腹地，找到我西北新軍的練兵路線，憑一人之力很難能成事，需諸多暗樁內應、消息網路，他定非無名小卒，而是身在高位！可有人能與此對得上號？」

魯大聽到一半時已屏息，聽暮青說完，眼中已有驚色！

暮青挑眉，心知是有了。

「有是有，可是這狼崽子怎麼會在青州？」魯大擰眉道：「你小子說的這些，只能叫老子想起一個人來——狄三王子呼延昊！呼延昊是老狄王三子，出身不好，他娘是部落相爭時俘虜回來的奴隸，狄人待奴隸如牛羊，他自幼就跟著他娘在牛羊圈裡生活，聽聞受了其他王子和勇士不少欺辱。他十五那年，咱大將軍一騎孤馳，萬軍中取戎王首級，一戰震天下！那一戰，老狄王也差點死在咱大將軍的箭下，他那時不知從哪個犄角裡撲出來，救了他父王一命，從此被老狄王帶在了身邊，常率軍滋擾邊關，行事確實狡詐殘暴。這些年來，狄王那老不死的快死了，他那幾個兒子為爭王位鬥得厲害。前段日子，呼延昊殺了他大哥麾下第一勇士，被他大哥告去狄王面前，老狄王罰他去看牧場。他連西北戰事的戰場都沒能上，怎麼會在這青州山裡？」

「這可不好說。」韓其初道：「將軍怎知呼延昊去看牧場不是狄王與他演的一場戲？即便他是真被罰了，又怎知他不會為自己謀出路？若真如周兄所言，他能憑一己之力亂我五萬新軍，不僅能翻身重回王帳爭奪王位，天下名將都足以從此多一人了。」

魯大蹙眉不言，韓其初說的有道理。

暮青道：「既如此，接下來就得看魯將軍的了。所謂知己知彼百戰不殆，魯將軍既然跟我們的凶手打過交道，應該清楚他的行事作風，今夜圍捕，可別叫他跑了。」

這才是她費盡心思分析凶手心理畫像的原因，凶手狡詐，與他碰上未必能擒住他，魯大能猜想出他是誰便不同了，能多不少勝算！

「放心！」魯大一拍暮青肩膀，「抓著這狼崽子，老子給你請頭功！」

這次，暮青和韓其初直接返回了自己營中。一路上都能聽到新兵們在談論此事，事情果然已經傳開了！

昨夜那百名新兵都被老熊叫到了帳中，一個時辰後，魯大來了。

魯大沒說昨日事，只將今晨的事細說了，沉沉掃一眼帳中百名新兵，「老子今夜打算帶上兩千精兵和你們這營以及今早那營新兵，你們敢不敢隨老子給死去的兄弟報仇？」

隨精軍作戰是求之不得的機會，殺胡人既可立軍功，又可為死去的兄弟報仇，一舉三得之事，有誰會不同意？

「敢！」

霎時，立誓之聲滿了營帳。

待聲音落下，暮青道：「引蛇出洞需有誘餌，得有人扮作落單的新兵，此事我可以來做。」

但魯大不同意，章同也爭當誘餌，可他太過激進，魯大也沒同意。

這時，一名新兵道：「將軍，我也願意當誘餌！」

那新兵精瘦身形，相貌平平，唯一雙眼睛含著冷峻神采，叫人見之難忘。

這人不是暮青的兵，她對他沒印象，應是那晚章同的兵，章同拒絕道：「不行！你們不能冒險！」

那兵不看章同，軍拳合抱，直接跟魯大請命：「將軍，我請命當誘餌！」

「你小子真有這膽量？」魯大問。

那兵抱拳道：「有！願為死去的兄弟報仇！」

「好！」魯大眼中有讚賞神色，一拍桌案，「那老子就給你個機會！」

「將軍。」暮青和章同同時出聲。

魯大抬頭便瞪她，「你別再爭了，老子決定了，這是軍令！」

「我想說，我對凶手的作案手法最了解，既然他要當誘餌，我想與他單獨細說些凶手之事，他也好準備周全些。」

魯大一愣，臉色漸漸和緩，「行了，去說吧，別走遠。」

暮青點頭，便與那兵出了營帳。兩人去了林中，沒走去深處，一入林便停下了，外頭營帳瞧得清楚，若有人來，一眼便能看見。

見四周無人，暮青才看向那兵，出口便問：「你家主子讓你來的？」

那新兵回望暮青，冷峻的眸中古井無波。

暮青道：「你抱拳時，手指上可見細線勒出的老繭，虎口處卻很乾淨，不似打漁的漁民拉網所致的繭痕。你走路時，每一步的步幅都相同，每一步的腳步聲輕重都一樣，如此高的控制力，顯然是練武之人。你膚色若麥，上半張臉卻比下半張臉的膚色略深，我只能推斷是常年蒙面所致。你手上的老繭也是練武所致，但少有哪類兵刃能勒出這等繭痕，我只在他的影衛手上見過。你還要我再多說些嗎？」

那新兵眸中微起詫色，很快壓下，目光放遠。

暮青挑眉，「很好，視覺阻斷，看來你是想再給我些理由確認你的身分。」

那人目光梭回，望了她片刻，終道：「主上之命，護妳周全。」

「替我爭當誘餌也包括？」

「包括。」

那人答得乾脆，暮青卻皺了眉，一時無言。

她望那地上青草，山風輕柔，草尖兒也柔，她心裡不知為何也像生了草，撓得五臟六腑古怪滋味，眼前似見男子懶倚樹身，笑比山風懶，華袖落枝影斑駁，隨風舒捲，送了山河萬里。

「他……還好嗎？」話問出口，暮青有些愣，隨即有些惱，惱自己蠢了，這人與她一樣在青州山中，便有消息往來汴河，想必也不會傳得那麼快。

她真是蠢了。

也不知是否午時天熱，她臉上竟有些熱，心頭也焦躁，不待那人答，便將凶手作案的細節等詳述一遍，連對凶手可能是狄三王子呼延昊之事也沒隱瞞。這江山是步惜歡的，胡人繞過西北邊關進了青州腹地，他很有必要知道。

「你叫什麼名字？」暮青問那人。

「越慈。」

「組織代號？」

「月殺。」

暮青一愣，月？她記得，步惜歡身邊一個使劍的影衛叫月影，月的代號似乎職位很高。

「你的職務？」

「刺部首領。」

首領？

暮青皺眉，步惜歡在想什麼？他身邊正是用人之際，竟將心腹大將派來這軍中當個新兵蛋子，簡直胡鬧！天下傳聞說他行事荒誕，她以前不信，今日是真有些信了。

月殺瞧著暮青，她一身軍服，不見矯揉造作，倒真似男兒。只方才問主上可好時，多了些女兒柔情，但此刻皺眉，又顯出幾分冷硬。她是對他保護她不滿，還是對陛下派他來保護她不滿？

「今夜圍捕，你可保自身無事？」暮青問，兇手狡詐，兩千精兵加兩個新兵營的兵力有七千人，深山密林，藏一人容易，藏七千人可不易，只有周邊潛伏才有可能不被兇手所覺，誘餌遭遇兇手後大軍必不能即刻前來，需憑一己之力與兇手周旋，危險性很高！

方才若非她欲立功，自請去做誘餌，月殺也不會出面替她。他是步惜歡的心腹大將，她不能讓他折在這山中。

月殺冷峻的眸中忽有雪霜，她認為他不能自保？

賭坊巷中，他是被她所傷，但那是因她身手兵刃皆有古怪，他又被主子下令不得傷她，只將她帶回，一時縛手縛腳所致。刺部向來行的是暗殺之事，綁人不是他的專長！

他在軍中護她，身分是新兵，未免讓人起疑，一身武藝自不可盡露，今夜他不能殺呼延昊，但呼延昊也別想殺他！

「姑娘若想操心，不如操心主上！」月殺冷道一聲，大步離去，走到林邊停下，頭未回，只道：「若有書信予主上，新月子時前。」

這日，演練取消，全軍搜山，搜的是西北潛入青州山裡殘殺新兵的馬匪，不知馬匪幾人，亦不知藏身何處，大軍在山中地毯式搜索一日未果，傍晚只得返回營帳。

夜裡戰時戒嚴，任何人不得私出營帳，五萬大軍，營帳延綿百里，星光漫若天河，燈火燦亮，愈發顯出新軍營帳裡死氣沉沉。

一處林子的帳中，魯大問：「今兒搜了一整日的山，那狼崽子不會被嚇跑了不敢來了吧？」

今日趁著全軍搜山，魯大命人趁機換了營帳。今夜這片山林五里內的兵都是為了凶手準備的，兩千精兵和兩個營的五千新兵，七千人藏於山中很容易被凶手察覺，於是都藏在帳中。七千人在帳中待命，可等了半夜，依舊沒有約定好的信號傳來。

該不會是打草驚蛇了吧？

「不會。搜山只會讓他更興奮，五萬大軍出動只為他一人，搜了一日未果，他卻還能繼續殺人，想想明早看見屍體時我們的臉和全軍的士氣，他就會很興奮。今夜，他一定會……」

嗖！

暮青話未落，忽有響箭射入夜空！

帳中軍官呼啦一聲起來，魯大道：「走！」

暮青當先奔出帳去，帳外潮水般湧出人來，迅速列隊，黑水般分了三層，往三個方向而去。兩千精軍呈翼形包抄，魯大領著兩個營的新軍直入林中！

林中無人，地上有血跡，灑在草葉上，月光下刺著人的眼。

暮青蹲在地上迅速一查，見一道拋甩狀血跡，往後便是滴狀血跡，方向指向……

「那邊！」暮青抬手指向左手旁的林子，魯大帶人急行入林！

樹身枝葉如影般掠後，五千新軍盯住林中，耳畔唯有風聲、腳步聲和呼吸聲。暮青跟在行軍隊伍中，從人影樹影的間隙裡搜尋前方，心中燒急。

方才地上那拋甩狀呈大半弧形，月殺今夜執行軍令前，魯大交給他一把短匕防身，那匕首只長寸許，很難甩出那樣一道血跡來，那血跡是彎刀造成的，受傷的是月殺！

今夜為了演戲逼真，月殺喝了碗巴豆湯，裝作拉肚子的兵來來回回往林子跑。他喝的巴豆湯量不大，卻讓他遭遇那凶手時的危險增了幾分。他去追凶手，想必是傷得不重，但誰知凶手武藝比他如何，萬一……

「前頭有人！」這時，前方忽有人喊道。

暮青抬眼，卻只看到滿滿人影，又追了一段，才隱約聽見前頭魯大的聲音。

「好小子！你沒事吧？」

「沒事！」

「受傷了？」

「小傷！人往山上去了，快追！」

「你留下瞧瞧這小子的傷，其餘人跟老子去追！」魯大對暮青道，說罷便帶人急忙往山上去。

暮青正有此意，她身上帶著三花止血膏，給月殺包紮好傷口後，山上樹影人影已都被夜色遮去，只能聽見追逐的人聲，卻瞧不清人了。

「你還能走嗎？」暮青問道。

月殺給她的回答是從她身邊走過，往山上行去。

七千兵力圍堵凶手之時，大軍營帳上空正在傳令！

「傳令！大軍開拔！西出青州山！」

青州山西邊是呼查草原，向西行軍三日可至。

此乃顧老將軍與魯大定的計策，今夜圍捕凶手，擒得住自然好，若擒不住，不能再讓大軍留在深山中。呼查草原地形開闊，乃絕佳的練兵之地，新軍原本的練兵計畫是先在青州山裡演練，再帶去呼查草原，一路進西北剿匪往邊關行。如今被凶手打亂了計畫，不得不放棄山中演練，直奔呼查草原。

草原開闊，不似山林，凶手難以隱藏，倘若擒不住凶手，也不至於再有新兵被殺。

魯大帶人圍捕凶手也是往呼查草原去，七千人呈翼形合圍，將凶手圍去山上，迫使他翻山進入草原！在那裡，他將無處躲藏，等待他的將是萬箭穿心！

這座山山勢險峻，七千兵力邊合圍收網，邊攀山而行，待翻過了山去已是凌晨。

天邊一抹微光襯得草原黑暗如海，一道黑影躍下樹端，奔進了草原。

半山腰上，魯大帶著新兵負手而立，望那人影，道一聲：「拿老子的弓來！」

親兵呈上弓來，魯大拉弓滿弦，衝那人喝道：「呼延昊！」

那人飛奔的身影忽然一頓，倏地回頭！

山上忽有怒風來，箭矢銳利刺破天光，嗚一聲刺穿那人左肩，炸開一片血花！

那人身子一搖，新兵們歡呼，魯大罵道：「他娘的射偏了！」

他不似大將軍有百步穿楊之功，這一箭若在大將軍手上，定一箭穿喉！

「弓箭手！」

半山腰上，兩千西北精兵負弓而立，弓弦已滿，魯大一聲令下，萬箭齊發，落星飛度，風聲刺破草原上空，細密如急雨忽降！

那人在萬箭之中扶著肩膀，忽往回奔，勢如撥弦。大軍皆愣，只見那人迎著箭雨，矯健如風，閃避至山腳下，貼著山下往西逃竄。

「狼崽子，果然狡詐！」魯大怒罵一聲，就在那人方才回頭之時，他已確定了那人的身分。

果真是狄三王子，呼延昊！

耳畔箭矢飛度，魯大卻彷彿聽見少年清音過耳。

此處五里外，營帳附近的密林，今夜子時到凌晨，落單的新兵！滿足這四個條件，我們就可以見到凶手！

現在，凶手的特徵已經很豐滿了。狡詐、殘暴、膽大，幼年時期生活黑暗、渴望戰功，會輕功，身手矯健。

看著呼延昊身手矯健地避開箭雨貼去山下，魯大腦中就只有一個念頭。

這小子……真他娘的神了！

但暮青再神，也算不準呼延昊會貼著山腳下逃竄，山腳下乃山上弓箭手視線的死角，眼見他到了山下，弓箭手已無用，魯大立刻下令：「下山，追！」

五千新兵得令，黑潮般湧向山下。那人肩膀中箭，步伐漸慢，新兵們操練月餘，今夜皆未負重，腳下輕快，眼見著距離愈拉愈近，那人忽然轉了個彎，又奔向遼闊的草原。

山上尚有弓箭手，他貼山而行尚能避開，如今又自動暴露在弓箭手的視力範圍內，不知是否心知逃不過，破罐子破摔了？

魯大與呼延昊交手過太多次，深知他的狡詐，見他又往明處奔，心頭便覺不對勁。這念頭剛冒出來，便見章同率人奔在最前頭，眼見著離呼延昊僅有一臂之距，呼延昊忽然撲倒在地！

他一撲倒，章同一愣，身後一名新兵沒來及停下，也往前一撲，風裡忽有鈍音，似從草中來。

那新兵感覺腳下踩到了什麼東西，低頭去看，草中忽有寒光一亮！那寒光，若天上星子落了草間，忽然飛天！

噗！

一支血箭刺破那新兵的喉嚨，血星兒濺了章同一臉。

章同臉上一熱，鼻間有血腥氣，那一瞬戰友的血還沒將心中血氣燒起，草叢間便見寒光如星河！

「伏倒！」他呼喝一聲，順手將身邊一名新兵按倒，兩人臥倒之時，只聽頭頂風聲呼嘯，身後噗噗噗噗漫開血氣，草地裡箭雨細密如林，不知何時落下，不知死傷多少，只見呼延昊忽然起身，奔向那草原中間的一條河流。

魯大在山上帶人衝下，章同自草間抬起頭來，所有人都沉著臉，心底有著同一個念頭。

這草原上何時埋了機關？

今夜，誰入了誰的甕？

暮青和月殺翻過山頭時，金烏初起，漫漫草原披一色金輝，一望千里。

那千里之景，有些微妙。

延綿的格瓦河將呼查草原分作兩岸，這邊岸上，箭成林，屍成片，千人肅立。那邊岸上，一人獨坐，肩上負箭，正解衣。

一條格瓦河，隔了黎明戰場，千人對一人。

暮青心中沉，速行下山，行至半山腰便聞見風裡的血腥氣。走到山下時，見一隊精兵剛將地上箭矢拔除堆在一旁，兩人一組將死了的新兵屍身往回搬運。

「魯將軍。」暮青去了魯大身邊。

魯大見是她來，擰著的眉鬆了鬆，臉卻依舊鐵青，滿是落腮鬍鬚的下巴一點遠處格瓦河對岸，道：「你猜對了，那人正是呼延昊！」

暮青循著望去，見粼粼長河岸，一半草原伴著金烏，那人背襯金輝，上身精赤，手執一壺，眼望對岸，烈酒澆去肩頭，低頭咬住箭尾，忽然一扯！

鋒銳的箭頭刮著血肉，血珠如線，見那人牙齒森白，左眼眉骨至臉頰一道猙獰長疤，眼眸嗜血，幾分殘嗜染晨陽，千里草原風蕭瑟，那人回頭，如見蒼狼。

蒼狼，野獸，嗜血殘暴，不必知道他是誰，暮青一望那人便知是他！

「老子一箭穿了他的肩，這草裡卻不知哪冒出的機關短箭，射死咱們一百來新兵，傷了也有快一百！」魯大咬牙盯住對岸，草原上的機關阻了他們的路，呼延昊已在長弓射程之外，精兵千人拉弓攢射，箭全數落進了格瓦河裡，一根汗毛都沒傷著他，著實惱人！

暮青低頭瞧去地上，順手拾起一支短箭，見這短箭比普通弓矢短小精緻得多，只寸許長，箭身細幼，一看便知比起弓矢的射程，勝在速度。這等短箭，她參軍月餘，未曾見過，不似西北軍中之物。

「這短箭是胡人崽子常使的，射程短，速度卻他娘的快！機關座只有巴掌大，埋在黃沙裡，一不小心踩上便是一條命，專射人喉！五胡戎人、狄人、烏那、勒丹、月氏，各有所長。狄人擅製兵刃，這短箭就是他們造的，以前只在大漠見過，老子也沒想到能他娘的埋到這兒來！今晚入了甕的或許是咱們！」魯大握拳，骨節喀嚓作響，草原上風吹著，聲如悶雷。

暮青蹲在地上，翻起一塊草皮，細瞧了會兒，道：「不，他等的不是咱們，是咱們的五萬大軍。」

魯大趕忙蹲下身來，見暮青翻開的草皮下掩著巴掌大的一塊已觸發的機關座，她指著那草皮下的草根道：「機關埋在草下，事先要割下草皮，但將軍看這草皮，只能掀開一指的縫隙，邊緣的草根已長去了土裡。這說明機關已經埋了有些日子了，絕非這三兩日才埋的，應是在我們到達青州山前就埋好了。新軍邊行軍邊練兵，呼查草原是絕佳的練兵地，且此處是進入西北的必經之地，在此處設伏，等的絕非是我們今夜這七千人，而是我們的五萬大軍！」

呼延昊若知今夜有圍捕，絕對不會現身。他不會以自身為餌，誘使大軍進入機關埋伏地，因為他迷戀掌控，不能容忍自己成為被人追逐的獵物，哪怕是演戲。今夜之事，僅是湊巧。

呼查草原遼闊，一目千里，魯大想要將人圍趕至此地，迫使呼延昊無所遁形，卻不知呼延昊狡詐如狼，野心無邊，他不僅在山中五里殺一人，想亂新軍軍心，還想在此地給五萬大軍一個意想不到的「驚喜」。只是他沒想到他會暴露，被魯大帶兵驅趕至此處，他進了絕地，卻也入了生地，這些早已埋下的機關救了他一命，只是提早暴露了，沒能等來五萬大軍，只餵了七千人。

魯大面色陰沉，翻了翻旁邊幾塊草皮，情況都一樣，邊上草根已重新長入土裡，幾乎掀不開了。

這小子說得沒錯，機關已經埋了段日子了。

那麼有三個疑問——呼查草原埋了多少機關？這些機關短箭是誰幫呼延昊運過來的？又是誰將大軍進入青州山練兵的消息透露給他的？

魯大原以為今夜圍捕的消息被人洩漏了出去，如今看來是他想多了，但眼下這情況，還不如他想多了！若是昨夜圍捕的消息傳出去了，至少能確定奸細就在這兩千精兵和兩個營的新兵裡，現在除了確定了凶手是呼延昊，奸細之事依舊在原地。

砰！

魯大一拳砸進草裡，黃泥草屑撲散去風裡，聽那草下機關座喀嚓一碎，魯大起身，怒望河對岸。

對岸，呼延昊將肩上血箭吐去地上，仰頭灌一口烈酒，和著脣邊血一同吞下，望對岸被一具具拖回的屍身，笑意嗜血。見魯大望來，他衝魯大一笑，森涼嘲弄。

魯大怒火中燒，卻未往河對岸去，凌晨圍捕觸發了一百多機關短箭，不知草原上還埋了多少，埋在哪裡，冒冒失失只會死更多人。

這些滿懷一腔熱血赴邊關的兒郎，尚未看見邊關的大門，便折在了這呼查草原上。

魯大回身，望著地上那些被抬回來的新兵屍身，下令全軍撤回山上。

半山腰上，士氣低迷。

淩晨圍捕，呼延昊左肩中箭，逃至格瓦河對岸，孤身一人與新軍囂張對峙。西北新軍死一百二十七人，傷八十九人，七千人被阻呼查草原，一步前進不得。

魯大和軍中將領聚在樹下商討，四萬餘大軍尚在山後行軍，約莫兩日後到。但呼查草原上被埋了機關，不知埋在何處，範圍多廣，大軍到後行軍必受阻。

眼下只有兩條路，要麼破除機關，要麼退回山中另擇去西北之路。

將領們對此爭執不下，暮青在傷兵安置處幫忙。

昨夜雖帶了軍醫，但藥沒帶夠，取箭的新兵許多都昏死了過去，場面令人不忍多看。

一支血箭丟在地上，劉黑子嘴裡咬著白布，額上汗珠滾落如豆。石大海按著他，他身中兩箭，肩膀那箭沒射透，腳上那箭卻傷到了骨頭。

軍醫說，肩上的傷沒事，腳上的卻難好，怕是好了腳也會跛。

十五歲的少年，爹娘去得早，兄嫂將他趕出家門，指望著西北從軍能混出點名堂來，這一箭要了他的前程。

箭拔下來，他便昏死了過去，尚不知這殘酷的事實。石大海情緒激動，要下山去和呼延昊拚命，韓其初在一旁勸著他，他一文人，勸不住身強力壯的石大海，轉頭喊暮青幫忙。

暮青卻似未聽見，忽然彎身，地上拾起一支血箭，轉身便走。

少年身影單薄，衣袖束在腕間，走路分明無風，卻似忽有淩厲風起，壓得山風都低伏了去。

她提箭，下山，入草原，遠遠見呼延昊獨坐河對岸，便也往地上一坐！

呼延昊抬眼，見河對岸茫茫草原隔著一名少年，少年席地而坐，與他遙遙相望，遠遠舉起一支短箭，將那箭往地上一插！

嗤！

短箭扎進地裡的聲音，他聽不見，卻覺心頭有血湧起，點亮了他殘忍嗜血的眸。

戰帖！

西北軍，一名新兵，在向他下戰帖！

呼延昊露出森然的笑，有趣！

山坡上，魯大大步行來，見暮青坐在地上與呼延昊隔岸相望，眉頭擰成了結，「你小子幹啥呢！給老子上山！」

「不上！」暮青頭也未回，盯住呼延昊，不動。

魯大鬱悶，剛才韓其初來找他，說這小子下山去了，把他驚了一身冷汗，山下處處是機關短箭，這小子不想活了？

還好他沒瘋，只坐在戰場邊上，沒貿然去草原深處。

「跟老子回去！」

「不回！」

「這是軍令！」

暮青不吭聲，還是盤膝而坐，背影如石。

「你敢違抗老子軍令？」魯大頓怒，這要是別人，他早一頓拳頭招呼，拖回去軍棍伺候了！

但這小子！這小子……他捨不得！

「軍令不如破陣重要，我不回。」暮青開口。

一句話，叫魯大面色忽變，他刷地坐了下來，目光灼灼盯住暮青，道：「有辦法？快說！」

他不懷疑暮青說的話，這小子太神，仵作出身，賭技比他高，帶兵比章同強，連呼延昊都被她給揪出來了！若非她，西北新軍恐有逃兵潮！若非她，大軍行到呼查草原會受重創！

她說她能破陣，他信！

「要破陣，需要等。」暮青道。

「等啥？」

暮青好半天沒答，過了一會兒，抬頭，望草原蔚藍的天。

「等天下雨。」

這一等，就等到了兩日後，大軍到來。

四萬餘大軍駐紮在青州山口，未踏入呼查草原，只顧老將軍率幾名親兵到了七千軍駐紮的山上。

魯大陪著顧乾在半山坡上往下望，顧乾問：「那小子就一直坐在那裡？」

「嗯，兩天了，強得跟頭驢似的，老子拉不回來。」魯大鬱悶，卻無奈。這兩天來她堅持與呼延昊對峙，害得他每晚都親自帶精兵在山上守著，草原上有狼，一夜他們能射死不少狼。拜這小子所賜，這兩天大夥兒吃了幾頓狼肉。

顧乾抬頭望一眼天，低聲琢磨道：「天下雨能破機關陣？老夫跟在大將軍身邊也沒聽過這等事，倒想瞧瞧……」

大軍在青州山口駐紮了三日，當初以弱勝強贏了演練的那小子要破草原機關陣的消息傳遍了全軍。

他說等天下雨，全軍都在跟著他等天下雨，全軍都在等著看，下雨如何能破機關陣。

許是五萬大軍日日祈禱奏了效，這日傍晚，烏雲忽聚，呼查草原上下了一場傾盆大雨。

大雨澆熄了呼延昊面前的篝火，一隻烤得半生不熟的狼腿被他從架子上拿下來，渴飲雨水嚼那狼腿，望著對岸。

對岸，幾個兵奔下來，樹葉包著一隻熱呼呼香噴噴的狼腿遞給暮青，暮青拿了，跟呼延昊對著吃。

「哈哈！」呼延昊仰天長笑，嚼著那帶血的狼腿，眸陰森壓抑。這小子太有趣，讓他忍不住想嘗嘗他的血是何滋味。但西北軍有弓箭手，他過了這條河便會在他們的射程範圍內，所以他不能動，只等著看，看著陪他坐了五天的小子要如何破他的機關陣。

這五天，她可是一根手指都沒翻過地上的草。

大雨下了一夜，清晨時雨停了，魯大帶著眾將領從山上下來，問：「雨下了，陣如何破？」

「等。」暮青還是道。

「又等？」魯大瞪圓了眼。

「等天晴。」

魯大和身後將領面面相覷，一行人回到山上，片刻後，顧乾下了山來。

「小子，大軍跟著你等了五日，只等這場雨，現在雨過了又要等天晴，你可知軍中無戲言？」老人披甲負手，目光威嚴。

「我從不戲言。」暮青望著對岸，「老將軍等著便好，天一晴，自會有一支大軍來助我們。」

大軍？

哪裡會有大軍來助他們？這山中，這草原，只有一支西北新軍！山中遇見呼延昊之事，已傳信回了西北，但大將軍在邊關督戰，分身乏術，不可能來青州！

那還會有誰來助他們？

這回沒有人再回山上，顧老將軍和魯大帶著西北軍眾將領站在暮青身後，陪她一起等。

草原氣候多變，昨夜傾盆大雨，今早天便放了晴，八月的日頭恨不得將人烤熟，站了一上午，眾將披甲，額上都見了汗，草原上靜得連風都歇了，一望千里，青草幽幽，河流蜿蜒，除了對面河岸的呼延昊，連個人影兒都沒瞧見。

「小子，你說等天晴，天可是晴了。」顧老將軍道。

「嗯。」

「大軍呢？」

「來了，沒看見？」暮青語氣頗淡。

眾將皆愣，遠眺草原，一個人影兒都沒見到。

「不在遠處，在近處。」暮青道：「就在諸位腳下。」

眾將齊低頭，見暮青輕輕撥開地上的青草，草地裡死去新兵們的血已被雨水沖刷殆盡，地上只見泥土溼潤，成排成排的螞蟻在往洞外運土。

眾人還沒反應過來，暮青已起身，道：「我們的友軍已經在忙碌了，可以命一隊擅長拆解機關的精軍準備了。待傍晚，我們就可以著手清理了。」

顧乾鬍子都抽了抽，眾將表情怪異，這小兵說的友軍，該不會是這些螞蟻吧？

魯大沒讓眾人問，他算是了解這小子了，他想解釋之時可以滔滔不絕，他不想解釋之時，問他只會把自己憋死。

等了這許多天，也不差再等半日，於是眾將去準備，傍晚時分，百名擅長拆解機關的精軍來到草原上待命。

只見暮青抬手，指那茫茫草原，問一句：「看見了嗎？」

夕陽餘暉斜照，灑萬里草原，照那青草間，忽現雪色點點，若繁星落入人間。

繁星扎了眾將的眼，許久無人說話，只聞呼吸急促，人人盯著那草中繁星點點，似見了人間不可能見到之事。

機關短箭的箭頭，竟然成片地露在了眾人眼前！

「清理此處。」不待眾將問是何緣由，暮青便指著腳下道。

暮青負手望格瓦河對岸，兩名精軍來到她身前，蹲在地上小心撥開青草，著手清理機關。箭頭露出，很容易便能推斷出機關座、矢槽、觸發夾在何處，這些精兵在大漠遇此機關太多，對其構造早已熟知。

稍時，一支機關短箭便被從草皮下取了出來，箭完好地躺在矢槽裡，觸發夾緘著，箭頭鋒銳，夕陽下寒色刺人眼。

格瓦河對岸，呼延昊緊緊盯住了那支取出的機關。機關埋時對著青州山口西北新軍到來的方向，他坐在河對岸，對著機關座，看不到那些青草裡冒出的繁星般的箭頭，只看到那兩名西北精軍取出一支機關短箭後，蹲在地上繼續發掘，稍時又取出一支，傳去後頭。

看著一支支傳遞出來的機關，漫天紅霞染了西北軍眾將領的臉，那臉上神采訴盡內心激動澎湃。

眾將皆望著一個無官無品的新兵少年，那少年立在眾將前方，望著格瓦河對岸，腳下機關取出一支，她便前行一步。

呼查草原的風吹著少年的髮，送著那清音過格瓦河，字字刺人——

「呼查草原的土是黃土，西北沙塵暴的主要成分，鬆散易挖掘，螞蟻的最愛。但一場傾盆大雨之後，黃土溼稠，洞穴坍塌，天晴之後螞蟻們便會重新尋找家園。」

「這世間人愛走捷徑，螞蟻也一樣。被人翻動過的黃土格外鬆散，比沒有翻動過的地方更好挖，螞蟻們會愉快地找上這些地方發掘巢穴。但埋在土裡的機關對螞蟻來說很礙眼，它們會首先想要把這些東西運出土外，但機關座太重，並非牠們能搬得動的。那麼，哪裡看起來最好搬呢？」

「埋機關時，為了讓箭順利射出，箭頭部位的土是埋得最鬆散的。你的箭容易射出，螞蟻也容易進去，這最易挖掘之處便會最早暴露。」

少年一步步行來，手中提著一支短箭，是她五日前下山時帶著的那支箭。

呼延昊起身，草原的風拂著那蒼黑的衣袖，眉宇紅霞裡染一抹殘紅。

五日來，她向他下了戰帖卻未見行動，只是坐在他對岸，同他一樣風餐露宿，看起來不過是為爭一口氣，今日卻忽破了他的機關陣，理由……聞所未聞。

「小子，你的名字？」男子聲線低沉微啞，令人想起大漠孤城外，西山月圓夜，那高踞俯望獵物的蒼狼。

「殺人者不配知道我的名字。」少年聲線清冷，令人想起雨後松竹林裡那過耳的清風，聞之舒暢醒神。

明明一張平平無奇的臉，聲音倒叫人過耳難忘。

「你是西北的兵，到了邊關，你一樣要殺人。」

「侵略者，殺我百姓，辱我家國，不堪為人，見者誅之！」

少年字字鏗鏘，說話間，身前那精兵已將河邊最後一支機關座取出。正欲向後遞，暮青彎身拿了過來，對準河岸，射！

呼延昊在她彎身時便向後速退，那短箭擦著他的衣袖釘去遠處，他仰天長笑，草原上漫天霞光染了他的眸，血般顏色，「你可知，不將本王當人的人，全都死了？」

正當他仰頭之時，風裡忽一道破音，一支短箭直刺向他的咽喉！

呼延昊順勢仰倒，那箭擦著他的鼻尖而過，河對岸同時聽聞嗖嗖兩道厲聲！呼延昊身子剛倒地，就地滾了兩滾，手往地上一按，腳尖兒一點，起身、急退，矯健敏捷！

河對岸，魯大托著巴掌大的機關座，罵道：「娘的，胡人崽子的東西，使著就是不順手！」

「本王督造的東西，自然要不了本王的命！」呼延昊看了魯大一眼，又看向暮青，興味地一笑，那笑意總有幾分殘忍，「小子，你這等人物，本王一定還會再見到你的。你的命，早晚是本王的！」

暮青冷笑道：「取我的命之前，先想想如何殺盡天下螞蟻吧。」

呼延昊臉色頓沉，他不能接受一絲失敗，偏偏重創西北新軍的大計毀在眼前這小子手中，這小子還戳他痛處！他定定望了暮青一會兒，轉身離去。

格瓦河河寬七、八丈，昨夜大雨，河水水位急漲，水流湍急，一時難以過人。後頭有精兵遞來魯大的弓箭，他滿弓連發數箭都被呼延昊矯健地避了開，眼看人就要走遠，暮青回身道：「我水性好，挑幾個識水性的人給我，我去追！」

「不行！」魯大斷然拒絕，「天馬上就黑了，草原上狼群太多，危機四伏，你才操練了月餘，單夜晚行軍對你們來說都有難度了，別說追蹤了。呼延昊是夜戰的好手，他能在草原上布下機關陣，定有人幫他！誰知前方有沒有他的人馬？你們小心中埋伏，老子可不想再給新兵收屍！」

西北軍多是北方漢子，又常年在大漠打仗，他們倒是能夜戰，可惜水性不精。若非如此，他何必在岸邊拿弓射呼延昊？早派人過河去追了！

這胡人狼崽子，終究還是叫他逃了！

暮青沒有堅持，魯大說得有道理，但她有件事弄不明白，晚上時山上的弓箭手雖射殺了幾頭狼，但她一直沒遇到過狼群。呼延昊的機關埋在此處有些日子了，他難道不怕有狼群經過踩了機關，還沒等來西北新軍，這些機關便失去了作用？聽魯大說，他們在西北大漠與胡人交戰時也常遇上這機關，大漠也有狼群，這些機關究竟是如何避過狼群的？

暮青暫時想不通，但顯然胡人有一些她不知道的辦法。

這日傍晚，暮青隨著眾將領回到山上時，七千人的歡呼震了山林！

一條上山的路，精兵列隊，新兵簇擁，好似歡迎英雄歸來。那英雄少年走在眾將身後，眾將的耳朵都快被震聾了。

歡呼聲遠遠傳去青州山口，駐紮的四萬餘大軍興奮地齊望前方山頭——陣破了？

破了！

只是破陣之法聞所未聞！

那少年五日坐於草原之上，隔岸與狄三王子對峙，不費一兵一卒一刀一箭，只等一場雨，一支草原上的蟻軍便叫機關陣現了形！

那少年仵作出身，贏武將之後，斷行軍慘案，破草原箭陣！一人之力，保下西北五萬新軍！

大軍在山口處看不見草原上的情形，只聽有人從山上來傳喜訊，自此，連日來新兵被殺、圍堵誤入機關陣、大軍被阻青州山口的陰霾一掃而光。這夜，山上山下歡呼，新兵們圍坐篝火旁，談的皆是少年的傳奇。

暮青在樹下坐著吃飯，只覺身上有些冷。

冷意並不重，她只往火堆前靠了靠，吃過飯後起身去傷兵帳中看了看劉黑子。劉黑子沉沉睡著，聽聞前兩日發了燒，今日燒退了，軍醫說燒肯退便是無事了。

暮青這才回了營帳，明日那百名精軍要繼續清理草原上的機關，大軍至少還要再停一日，她今夜可以好生歇息一下。

但躺下後，她漸漸覺得身上冷意陣陣，八月草原，熱得像蒸籠，她竟覺得冷。

心頭這才有了不妙之感，她昨夜淋了一夜雨，似乎著涼了。

她女子之身，在軍營多有不便，平日一直頗為注意身體，若非這幾日與呼延昊對峙，這病也不會染上。她幾番考慮，終是沒有起身去醫帳。

韓其初和石大海夜裡在傷兵營帳裡輪流照顧劉黑子，今夜帳中只有她和章同兩人。章同自她今日回來，一直沒說過話，此刻正背對她躺著，似乎睡著了。

暮青便也背過身去，閉上了眼。

半夜時分，她如置寒冷冰窖，有人忽拍她肩膀。

暮青一驚，回身一把薄刀抵上那人喉嚨，卻看見章同皺眉盯著她。

問：「你怎麼了？」

「沒事。」暮青將刀收起，藏回指間，翻身欲躺下。

章同掃了眼她指間，眉頭皺得更緊，「你手裡是何兵刃？」

暮青躺下，閉眼，淡道：「剖屍的，你要瞧？」

章同半晌無話，起身回了自己席上，只是沒過多久又問：「你真的沒事？」

「沒事，謝謝。」暮青裹了裹身上蓋著的軍服。盛夏時日，軍中未發被褥，她只有件換洗的軍服，拿來當了被子卻太薄，冷意一波一波襲來，頭痛欲裂，一開口喉嚨都疼。

章同冷笑道：「少年英雄，逞能淋雨染了風寒，不瞧軍醫偏要忍著，很能耐？軍醫大帳離此不遠，去瞧瞧，能丟人還是能死？」

不丟人，也不能死，但軍醫會瞧脈，她女子之身會瞞不住。

暮青閉眸不言，這病來勢洶洶，熬了半夜愈有加重之勢，想來是不能再熬了。爹通醫理，她往日跟著學了些，知道解表散寒可用哪幾味藥，稍時待章同睡了，她得悄悄去尋月殺。兩人雖未約定相見的暗號，但以他的功力，想來她去他營帳外，他能聽見。

身後卻傳來章同起身的聲響，隨後聽他走了過來，語氣不太好：「走！去醫帳！」

暮青未起，章同伸手便拽了她的胳膊，「走！」

暮青頓驚，坐起身來便要將手甩開，未曾想章同竟蹲去地上，順手拉了她另一條胳膊，使力將她往背上一背！

砰！

前胸後背無聲的撞擊，兩人忽然都僵了住。

暮青束著胸帶，但女子即便再束胸，那觸感也不同於男子胸膛的堅實。

暮青的心頓沉，章同倏地回頭！

帳中燈燭已熄，唯帳外架著的火盆裡有光映著帳簾，山風颯颯，樹影搖曳，隔著帳簾晃得章同的臉色忽明忽暗。

暮青將手收回來，起身往帳外走，「我自己去。」

出了營帳，暮青沒尋月殺，直接往醫帳走去。章同應是發現了，但他不會說出去，此人雖心驕氣躁，渴望軍功，但還算珍視戰友，絕非靠出賣同袍邀功請賞之輩。她敢保證章同不會出賣她，但不敢保證他不會跟出來，所以月殺的營帳此刻不宜去。

這幾日有傷兵，醫帳中正忙著，三名藥童忙著煎藥，軍醫坐在桌前就著燈燭開方子。

西北新軍隨軍的軍醫是位老者，面色紅潤，山羊鬍，猛然一瞧有幾分仙風道骨，聽聞姓吳，曾在御醫院裡做過左院判，後請辭隨軍做了西北軍的軍醫，救過不少邊關將士的性命，在軍中頗受尊敬。

吳老見了暮青一愣，「你是那個……姓周的小子？瞧著臉色不太好。」

「是，見過吳老。」暮青抱拳見禮，與吳老說了病徵。

吳老沉吟片刻，道：「手拿出來，老夫幫你探探脈。」

暮青道：「傷兵營帳事忙，不敢多擾吳老。」

「哪有這等道理？老夫幫你探探脈，能耗多少時辰？」

暮青張口欲答，簾子忽然掀開，章同沉著臉走進來，對吳老道：「就問你開副方子，哪那麼多事？問也問過了，看也看過了，開藥便是！不就是染了風寒？左右不過那些方子！」

「哪來的張狂小子！」吳老沉著臉起身道：「醫者行的是望聞問切之法，雖是風寒，陰陽臟腑、經絡氣血，各有不同！不切脈，藥方不精，他如何能好得快？」

章同欲辯，暮青一把按下他，對吳老道：「此人與我同伍，心急冒犯，望吳老莫怪。聽聞軍中藥草金貴，時常有缺，因此藥方不敢求精，麻黃、防風、薑芥、蔥白即可。」

「你懂醫理？」吳老咦了一聲。

「家父略通醫理，我習得些皮毛，說得不對之處，望吳老莫怪。」暮青垂首恭敬道。

「老夫就覺著你說話文謅謅的，比軍中一些狂妄莽漢強得多，怪不得老夫瞧你順眼，你也算半個後生。」吳老瞪了眼章同，坐下取筆蘸墨，一張方子順手便成，「魏家給軍中備了不少藥帶去西北，暫時不缺藥草，但前線戰事緊，藥材確實要緊著用。老夫且給你開一方，你今夜不得回帳，醫帳中就有歇息之處，你去那邊歇息，夜裡若不好，老夫好再給你瞧瞧。」

暮青將藥方接過一看，心生感激。吳老嘴上說藥材要緊著用，方子裡卻又給他加了幾味藥。

「杵著做什麼？去那邊取了藥罐煎藥，這小子不是與你同伍的？叫他煎藥去！」吳老沒好氣地擺擺手，「去吧去吧，別用我的藥童，都忙著給傷兵煎藥，沒那許多人手！」

醫帳頗寬敞，用簾子隔開了三處，一處開方，一處煎藥搗藥，還有一處放著兩張木板床。那木板床只是幾只大箱子上放著塊木板，上頭鋪著席子。

暮青望著，不由心生暖意，床雖簡易，也比睡草地好得多。昨夜草原上剛下過雨，地上溼潮，她染著風寒，席地睡只會加重病情。風寒風熱之症軍中常有，喝幾副藥歇息幾日便好，實在不足以占醫帳中一張床位，這顯然是吳老醫者仁心，故意留了她。

床上有張棉被，正是暮青此時所亟需的。她去床上前回身看了眼章同，章同正好從地上拿起只藥罐，掀開簾子出去了。

暮青上床裹了棉被，聞著醫帳中的藥香，聽著藥罐裡咕嘟咕嘟的聲音，漸生睡意。

這時，章同端著藥碗臉色陰沉地走進來，只瞄了她一眼便將目光轉開，藥碗直直地遞了過來。

暮青欲言謝，卻發現喉嚨痛得難以發聲，只好先將藥喝了。藥不冷，也不燙，溫度剛好，喝完便覺五臟六腑都暖了些。

「多謝。」暮青能出聲時，將藥碗遞給章同，說道：「你回營帳歇息吧，我自己在此便可。」

章同冷笑道：「你自己便可？那老頭趁你睡著了給你把脈怎麼辦？」

暮青無力吵架，便躺下閉上了眼。

章同就地坐了下來，將藥碗放到了旁邊地上。醫帳中並不安靜，隔壁有藥童在抓藥搗藥，有藥罐在咕咕嘟嘟，低低切切的聲音裡，她的呼吸聲仍能清晰地鑽入他耳中。

他轉頭看向床上，她蜷在棉被裡，眉頭皺著，睡得並不安穩。簾旁藥爐的火光映著她的下巴，清清瘦瘦，不見稜角，反倒有幾分柔和細膩。

他為何以前沒發現？

章同目光落到暮青那粗眉細眼上，皺了皺眉。

是了，誰能想到這平平無奇的相貌，這疏離清冷的性情，會是個女子？誰能想到，女子敢假扮男子入軍營從軍？

她待人疏離，毒舌如刀，湖邊演練，林中驗屍，孤身一人提著把箭與呼延昊在草原上對峙五日，不費一兵一卒破了機關陣——她哪一點像女子？

女子養在深閨足不出戶，出則輕紗罩面，低眉順目，行路纖纖細步，笑顏當如花，吐字如玉音。她哪點像……他想起湖邊那夜，她將旌旗呼地插在他臉旁，便不由眉頭擰出一團疙瘩。

大興律，女子擅入軍營者斬！她不知？

他應該將她告發的，軍營乃男兒報國之所，豈容女子混在其中胡鬧？但不知為何，這念頭一冒出來，他便想起她那日提著短箭從傷兵營帳裡出來的身影。那短箭上帶著血，他瞥見便轉開了目光，他救了一人，卻死了一百。他忘不了清理戰場時，身後那兵一箭穿喉的模樣。

其初說，若非他示警，死的人會更多，他嘆他重情，殊不知真正重情的那個人是那總沉默寡言的少年。

他挫敗自責之時，她獨自提箭與呼延昊草原對峙，替劉黑子出了頭，替全軍出了口氣。

強者自強，弱者自責，他深深挫敗，深覺有她在的一日，他會永被她的光芒遮掩。所以，今夜發現了她的祕密，他本該趁此出擊，告發她，讓她離開軍營，可是出了營帳，他的腳便不自覺地往醫帳來，他還替她在吳軍醫面前遮掩身分，替她煎藥，此時還替她守著床。

他真是……瘋了！

暮青清晨醒來時未見到章同，不知是否出操去了，她覺得身子已大好了，便想跟吳老打聲招呼回營帳去，但醫帳中只有一名藥童在煎藥，暮青問過後才知吳老帶著那兩名藥童查帳問診去了。

如此也好，免得吳老又要給她診脈。

暮青與那藥童說了聲，便出了醫帳，尋路回營帳，走到一條小路上時，見一道人影閃了出來。

正是月殺。

「妳昨夜病了？」月殺聲音有些沉：「為何不尋我？主上命我照顧妳。」

暮青回想了下昨夜事，實在有太多原因沒能去尋他，又一時說不清，最後只道：「昨夜事……別告訴他。」

說罷，她便頭也不回地走了。

月殺望著她的背影大皺眉頭，她生病之事要他別告訴主上？她是在教他欺瞞主上？

這女人……

他怎敢欺瞞主上！

暮青回到營帳時見帳中無人，便避在帳後換了身乾爽衣物，端著換下的衣物下了山。

草原上發掘機關陣的精兵人數已增加至了三百人，草地上隨處可見掀開的草皮，挖出的機關全被撤了觸發夾堆放在一處，瞧著已近百。

暮青從昨日那清理出來的路上走，一路遇到的精兵皆停下來與她打招呼，她只淡淡點頭，便去河邊將衣物洗了，回了山上。

回到營帳剛將衣物晾好，章同便端著早餐和一碗藥走了進來，原來沒有出操，而是給她端早餐去了。

暮青道了聲謝，盤膝坐在席子上，低頭吃飯。她的坐姿半點女子的矜持也無，昨夜他背她，識破了她的身分，她竟像是那事沒發生一樣！

章同看了暮青半晌，看不下去了，問：「妳真的打算去西北軍營？」

「不然呢？」暮青喝一口粥抬眼，她看起來像是去西北旅遊的嗎？

「妳一個女……」

章同話未說完，暮青眸光忽然一冷，章同話也同時止住，瞪了她一會兒，道：「妳就敢保證不會再有人看出來？」

「我會小心。」

「你就不怕我告發妳？」

「你不會。」

「妳怎知我不會？」章同有些怒意，她憑什麼如此以為？

暮青低頭將早餐吃完，將藥喝了，端著盤子往外走，「你不是那種人。」

說罷，她人已出了營帳。

帳簾撩了又落下，幾縷晨陽照進來又關出去，章同臉色明了又暗。

他不是那種人？

說得好似他跟她有多熟，她有多了解他似的。

他哼了哼，撩了簾子出去，那哼聲分明是不屑的，嘴角卻不知為何揚起抹笑來。

◯

草原上的機關陣歷時三日，清理出了三千多機關短箭，裝滿了整整二十輛運糧草的大車。

大軍挺進呼查草原之時，翻開的草皮無聲訴說著連日來三百精兵的辛勞和三日前少年的壯舉，五萬大軍踩在那草皮上，腳跺得分外響亮。

原定的草原演練因破陣挖掘耽擱了七、八日，不得不取消。西北戰事緊，新軍抵達西北的日子原就有排程，如今不得不加速行軍。

出了呼查草原，愈往西北走，土地愈荒蕪，黃風愈大，大軍速行了半個月，進入西北地界時，見巨大成片的黃岩橫亙在廣袤的半荒漠地帶，風颳著岩石，帶起層層黃沙，岩石表面留下縱橫的溝壑，無聲訴說著西北風刀之烈。

叢草堆在岩石之下生長著，僅草尖兒看得見綠色，草葉已被黃沙吹得灰濛濛，烈日晒著黃沙，靴底似要被那熱浪燙透，悶不可言。

來自江南的新軍從未見過這等荒蕪，一雙雙眼睛望著這他鄉的路，想著連月來的千里行軍，忽然思念家鄉。

邊關未至，便已見酷熱苦寒。

這裡只是西北的邊界地帶，大軍卻未再前行，中午便紮了營。

歇息了一下午，晚飯過後，老熊來了暮青營帳外。

魯大點了暮青、章同和韓其初悄悄去軍中大帳。石大海這些日子一直隨軍跟在醫帳裡，一路照顧劉黑子，他不在，三人出了營帳，帳中便沒了人。但帳外有人。

月殺也等在那裡，看來也被魯大點了名。

夜色已深，除了崗哨和巡邏，大軍已歇。

老熊帶著四人在夜色裡直奔大軍營帳，幾里的路，到了時四人已經被黃風颳得灰頭土臉。

魯大招手將四人喚到桌前，桌上鋪著張地圖，大帳燭火昏黃，晃著地圖上標出來的大小十三個圈。

「這些是大軍進入西北首邑葛州城前路上會遇到的馬寨，前些年戰事稍平，西北軍曾剿過匪，匪禍平定後寨子便空了。年前戰事一起，馬匪又捲土重來，但不知有多少人，哪些寨子裡有人。眼下大將軍在邊關督戰，剿匪的事兒就落到咱們頭上了，老子現在要你們想法子摸清這些馬寨的虛實，在進西北之前，老子要新軍的刀先開開鋒！」魯大在那地圖上大大小小十三個圈上一劃，大手一拍！

韓其初目光閃動，果真叫他猜中了！在青州山中時，他便猜測新軍到了西北要剿匪！

「只有我們？」暮青問。

十三處寨子的虛實，四個人去探？

「六個人！老子和老熊這回跟你們一塊兒去。」魯大道。

四人皆愣，魯大是西北軍副將，幾人去探馬寨的虛實是少了些，可也犯不著他親自去吧？

「這回老子必須得去！」魯大掃了眼暮青四人，道：「你們四人在新軍裡是出類拔萃的，老子這才想練練你們，但這回不放心只叫你們去！不瞞你們說，原本老子打算速戰速決，所以在大軍到達西北之前，先後派了三撥人去探馬寨虛實，打算到了西北咱就開打！但是，派出去的人全都沒有回來！」

第五章

孤守村莊

「人不知道死了沒，也不知道活著沒。活不見人，死不見屍！」案上燭臺火光如豆，魯大眉宇陰沉，眼裡有火在跳。這也是今晚他將暮青等人叫來的原因，這小子擅長查案，或許能幫幫忙。那些派出去的兵都是西北軍的精軍，他手下的老兵，活要見人死要見屍，他絕不容許他們連屍體都找不到！

韓其初和章同互望一眼，面色凝重。

活不見人，死不見屍，即是說……人都失蹤了？

「派出去的人都是軍中斥候探馬，西北土生土長的漢子，喬裝個個是好手！邊關一遇戰事，百姓出門大多結伴，他們就扮作結伴去葛州城的百姓，百里一暗號，一日一聯絡，可是三撥派出去的人都在進入葛州城前三天失去了聯絡。此處離葛州城有八百里，那十三座馬匪寨子就在前頭方圓五百里內。」

即是說，人是在離葛州城前方圓三百里內失蹤的！

西北廣袤荒涼，馬匪猖獗，狼群環伺，人若死了往黃岩下一丟，或被野狼叼去，或被風沙埋了，失蹤幾個人太容易了。人是失蹤在匪寨附近的，馬匪打家劫舍，搶掠過路商隊，幾個百姓他們興許瞧不上，但未必會放過。西北軍的漢子身手都不差，若遇打劫，馬匪有殺人之心，他們勢必反抗。這一反抗，身分必定暴露，他們要不被殺了，要不被抓了。

若被殺，馬匪與西北軍有舊怨，曝屍的可能性比較高。

若被抓，總該會派人下帖，商議放人的條件。

可如今活不見人死不見屍是怎麼回事？

「這些馬匪有多少馬匹？」章同問。

他想不通，西北軍主帥元修有戰神之稱，馬匪既然被他剿過一次，為何還敢為禍？即便邊關起了戰事，西北軍折損了些，需從江南徵新兵，可這些馬匪怎敢保證戰事必敗？難道不怕西北軍戰後回頭再剿匪，他們便再無活路？就算這些人已成亡命徒，不在乎日後生死，那從江南來的五萬新軍呢？西北軍身陷邊關戰事無暇他顧，從江南行軍而來的五萬新軍卻可以拿他們磨刀。這些人傻了？難道想不到新軍想拿他們磨刀？

十三個馬匪寨子，五萬大軍，他們何以為抗？

若不能相抗，何以敢動西北軍的兵？

他總覺得這些馬匪重聚為禍，有些蹊蹺……

「現在馬匪有多少人老子也不知，不然也不會派人去探查。但當初大將軍剿匪時，這十三座寨子裡馬匹足有一萬多數！」

「一萬多？」章同和韓其初齊驚。

一萬多馬匹便是一萬多騎兵！

不知這些馬匪寨中如今有多少騎兵，若還有這麼多人，再踞山寨險要之勢，確實可與西北新軍一抗。

新軍雖有五萬大軍，但都是步兵，自古步兵對陣騎兵便有先天劣勢。野外戰爭，騎兵的衝擊力向來都是戰場上的王者，只要兵法戰術不失，一般都會勝利，就算失利也可全身而退。步兵卻無此優勢，面對騎兵，步兵只能以陣型阻止騎兵的衝鋒，否則只有被屠戮的命運。

那麼，如今這些馬匪寨中的騎兵是否也有此數？

「老子在江南徵兵時就收到了大將軍的傳信，大將軍也覺得馬匪重聚為禍之事有異，要新軍進葛州城前，定要將此事查清！」魯大道。

前線有戰事，後方不能生亂，新軍到達邊關前，匪禍必須要剿平！

「別查那些馬匪寨了。」暮青忽然開口。

她一開口，帳中人都愣了。

她自從進帳就問過一句話，接著便只聽不言了，大家都商討完了，正準備討論從何處下手查呢，她竟說不查馬匪寨？

那查啥？

暮青忽然往前走了兩步，伸手在地圖上葛州城外三百里的範圍內一劃，她劃過之處一座寨子也沒有，而是一些村莊，「有問題的是這些村子！」

魯大、老熊、韓其初、章同和月殺的目光都落在那些村莊上。

暮青道：「人是在離葛州城三天路程的範圍內失蹤的，不要考慮他們失蹤前有沒有遇到馬匪，身分有沒有被識破，被抓了還是被殺了，這些想法毫無幫助！失蹤前他們遇到了什麼不重要，重要的是失蹤前他們在做什麼！他們的目的是探馬寨的虛實，想想他們一路上會做的事，除了每日一聯絡，百里一留暗號和每天的趕路，他們要做的便是四處打探搜集消息。不同於呼查草原沿路來的數百里無人煙，葛州城乃西北首邑大城，三百里外有不少村莊！村莊是借宿和打探消息的好地方，如果是我們，我們會過這些村子而不入嗎？」

除了月殺依舊冷著張臉外，其餘人皆目露亮色。

「既然他們會進村中借宿，伺機探馬寨的消息，而他們正好是在這段時間內失蹤的，那麼這些村子我們就該去查一查。重走他們走過的路，重做他們做過的事，真相或許就會在我們眼前出現。」暮青的手再次來到地圖上，在一處落下，「葛州城外三百里，離官道最近、最大的村莊——上俞村！」

她抬眼望向那幾雙激動的眼睛，「目的地有了，何時出發？」

黎明時分，一行人才出發。

魯大喬裝成一名歸鄉的員外，暮青扮成他的小廝，韓其初扮成帳房先生，老熊、章同和月殺扮成家丁，六人換了身百姓衣衫，出軍營時天剛矇矇亮，馬車停在一道巨大的黃岩後。

魯大在西北太出名，馬匪都認得他，為了不被認出來，他連蓄了多年的落腮鬍都刮了。那臉鬍鬚一刮，穿一身松褐錦袍，只見眉似刀，目如鐵，鼻梁下巴都似被刀鋒削過，竟有三分英俊。

上俞村離新軍紮營地有五百里，路經馬匪寨時，只見延綿高踞的黃砂岩將西北荒原切割成道道蜿蜒的黃沙路，一些寨子的瞭望哨就建在黃砂岩上，一眼望盡荒原，一輛馬車獨行在路上，不可能不被瞧見。

但是，一路都沒有劫道兒的。

能雇得起馬車的百姓都是有些家財的，馬匪遇見馬車行路，不可能不劫。魯大喬裝成歸鄉的員外，本想著路上若遇打劫，正好能確定哪個寨子裡有人，未曾想途中竟一人都未瞧見，那些瞭望哨裡，風沙漫漫，過時颳著哨音，悠遠，如作古之城。

空寨？

六人心頭都有些古怪感，一路行了三日，所經七寨，竟都無人劫道，就這麼在第三日傍晚到了上俞村口。

馬車停在村頭，見黃土砌成的矮牆繞了半村，牆身道道風痕，塌了幾處，村子裡約莫有兩、三百戶人家，大多黃土房子，只有一家加了青瓦圍了院牆，瞧著有數間房，想來應是村長家了。

村中其餘人家屋少，要借宿自是去村長家。

正是飯時，家家戶戶飄著炊煙，有百姓從家中出來抱柴火，瞧見進村的馬車，目光一梭便飛快地進了屋。一路見了幾戶人家都是如此，暮青坐在馬車外，捕捉到那幾戶百姓的神色，深思不語。

到了村長家門口，老熊去敲門，他是西北漢子，說的是此地方言，借宿應容易些。

開門的是個小童，紮著兩髻，圓嘟嘟的雪白可愛，瞧著不過五、六歲，聲音嫩得叫人心軟：「你們是誰？找我家爺爺？」

老熊擠出個笑來，蹲下身欲與這小童說話，屋裡忽然急急忙忙奔出個人來，對那小童呼喝道：「誰叫你出屋的？」

那人是個青年漢子，神色緊張，一把將小童抱起藏去身後，戒備地掃了眼馬車。

老熊起身問道：「小哥，此處可是村長家？俺家老爺自外歸鄉，要去葛州城，天晚了想在村中借宿，不知家裡方不方便？呃，小哥放心，俺們不白住，只要借間屋子給俺們，整幾碗飯填填肚子，俺們明天一早就走。」

那青年漢子不說話，只往馬車裡瞧。

「哦，車裡有俺們家老爺和帳房先生，再加車外這幾個，一共六人。俺們在村子裡轉了一圈兒，瞧見村中大多屋舍不夠，只有小哥家中擠得開，還望念在同鄉的分兒上行個方便。」

「家中只有一間屋可用，你們不嫌擠便進來吧。」那男子說罷，匆匆讓開身。老熊露出喜意，回身望了眼馬車上暮青三人，暗暗使了個眼色。暮青盯著那男子看了會兒，打了簾子，讓魯大和韓其初下了車。

魯大一身英武氣度，那男子頓露驚色，面生戒備。

魯大似沒瞧見，掃一眼村中，豪爽地對暮青幾人笑道：「走了有些年了，西北還是老樣子，讓老子想起當年吃不上飯跑去外鄉築河堤的年頭。」

那男子一聽魯大也是西北口音，原先幹的力氣活計，這才消了些戒備，將人領進了院裡。

馬車趕不進來，老熊便把馬拴在了外頭，六人被帶去了西屋，屋裡一張床，一張榻，一張圓桌，兩把椅子，擺設簡單。

「家中有些被褥，今夜怕要你幾人睡地鋪了。」那男子道。

「不礙不礙，有地兒睡就成，俺們都不挑。」

「那晚飯過會兒送來，今日未曾想有人借宿，飯得再做些。」

「多謝小哥！」

老熊在軍營裡多少年沒說過客套話，待那男子走後，他臉色有點苦，覺得還是在軍中好。

房門一關，屋裡安靜，屋外也安靜，燒火做飯的聲音聽得清楚真切。魯大原本想跟幾人交流下想法，瞧這氣氛也沒開口，但幾人心裡都能感覺得出這村子裡的人對外人的戒備。

幾人不約而同去瞧暮青，她說這一帶村子有問題，果真沒說錯！

暮青臉上略有疲色，她眉眼本就平平無奇，又被黃風吹得灰撲撲的，愈發顯得單薄，只一雙眸清亮如那月上霜色。

這三風餐露宿的，女子的體力終究不比男子，暮青還是有些疲累的。

晚飯送來時，章同先倒了杯水給暮青遞了過去，暮青抬手往那杯口上一覆。

眾人一愣，見暮青的目光在桌上的飯菜以及水裡掃了一圈，搖了搖頭。

那意思，很明顯。

飯菜有問題。

飯菜端進屋時，外頭的天色已黑，過了半個時辰，天色已黑盡。

村中蟲鳴聲漸起，院裡幾聲低低的腳步聲傳來，有人壓低著嗓子在說話，聽那聲音，一名老者，一名青年人。

「屋裡沒聲兒了？」

「沒了。」

「裡頭有倆漢子頗壯實，可別沒睡死。」

「放心吧，爹，剛才從窗子瞧了眼，都倒下了。」

那老者一時沒說話，半晌嘆了口氣，「唉！去吧……」

青年漢子低低應了聲，推開門進了屋，月光照在他手裡，依稀拿著捆麻繩。

屋裡一燈如豆，光線昏黃，照見桌上趴著兩人，地上躺了四人，飯菜吃了一半，一杯水灑在桌上。

青年漢子拿著繩子來到桌前，先去綁那老爺，繩子剛要往脖子上套，那看似睡死過去的人忽然伸手，一把握住了他的手腕！青年男子連驚懼的時間都沒有，只覺那手力道如鐵，一握便聽喀嚓一聲，未及喊叫一塊饅頭便塞來他口中。

與此同時，地上四道人影刷刷起身，離門口最近的兩人速奔去屋外，只聽屋外也沒能起聲音，那老者便被一人押來了屋裡！

稍時，另一人回來，道：「六間屋，只一間屋有人。小童睡了，女人打暈了。」

說話的是月殺，押著那老人的是章同。魯大將青年男子交給老熊，韓其初和月殺將門關了守在一旁，暮青和魯大站在了老人和青年男子面前。

那青年男子慘白著張臉，望那桌上只剩一半的飯菜。

暮青道：「別瞧了，你們家的飯菜都餵了床底。」

魯大問：「你咋知道飯菜有問題？」

「我不僅知道飯菜有問題，我還知道很多。」暮青看了那老者和青年男子一眼，冷不防地問：「說吧，前些日子有三撥人來你們村中借宿，人迷暈了，送哪兒去了？」

魯大倏地回頭，老熊、章同、韓其初和月殺都望向暮青。

那村長父子臉上露出驚色。

「不說？那我替你們說。」時間不多，暮青只說結論：「人迷暈了，送馬匪那裡去了。」

魯大等人頓驚，但見那村長父子神色更驚，便知暮青說中了！魯大一把揪起那村長的衣領，怒道：「娘的，你們跟馬匪串通？老子的人都送哪個馬匪窩去了？」

那村長嚇得直哆嗦，連連搖頭。

「將軍。」暮青將魯大的手拉開，道：「他們是被馬匪所逼。」

魯大轉頭看她，那村長父子哆嗦得更厲害。

將、將軍？

暮青看向村長父子，接著道：「你們並不願做這些事，但馬匪以家人性命或是全村人的性命威脅你們，你們不得不做。此事全村人都知曉，你們做這些事至少有半年的時間了，凡是路過借宿之人，你們便將人迷暈送給馬匪。」

暮青頓了頓，見那村長父子驚恐的神情漸變成驚異，這才道：「那說吧，人都送給哪個寨子的馬匪了？那些馬匪要過路人做什麼？」

那村長父子依舊驚異著，一時回不過神來。

魯大等人也瞧著暮青，都不知她是如何看出這些來的。

「處處是破綻。」看出魯大想問，暮青索性解釋，挑著簡單的解釋：「一進村，那些見到我們的村人全都閃躲歸家，我們只是過路人，又非打家劫舍的，手上未帶兵刃，他們閃躲是為何？我想不是為了躲我們，而是一有過路人來村中就表示馬匪要來了。」

「還記得來給我們開門的小童嗎？那孩子雪白可愛，不覺得不對勁嗎？五、六歲正是喜歡在院中玩耍的年紀，西北烈日炎炎，風刀割人，孩子臉頰應是紅的，有日晒風吹之痕才對。這孩子如此雪白，定是在屋中養著，不許他出門玩耍。瞧他說話走路，應是身子沒病，為何要養在屋中？他爹見著我們，趕忙把孩子藏起來，生怕我們把孩子抱走或是傷了他一樣。邊關正逢戰事，令百姓如此害怕的，除了胡人就是馬匪，胡人攻破邊關了嗎？沒有，那就是馬匪！」

「他明明如此戒備生人，還肯讓我們借宿，不覺得有問題嗎？小心點飯菜是應該的。」

「還有，我們乘著馬車來，這家院門低矮，連馬車都進不去，可見家中未養牛馬。他家裡一共四口人，女人孩子不算勞動力，就憑他父子兩人，綁了我們六個人，要如何把我們送走？我們有馬車，但不見得來村中借宿的人都有馬車吧？那麼，人被迷暈後要如何送出村？答案是不需要他們送，會有馬匪來接。」

「為何是馬匪？很簡單！迷暈我們，不圖財，不害命，只為綁起來，鬧的？自然是有人授意，而他們為何聽從？自然是出於懼怕。誰能令他們如此懼怕？馬匪！」

暮青看著那村長父子，「那麼，現在問題來了，那些馬匪何時來？有多少人？馬上回答！」

沒人回答。

那青年男子已忘了手腕的劇痛，只張著嘴，嘴裡的饅頭都掉出來了。這少年看著平平無奇，在馬車外坐著時，瞧著只是普通小廝。自院外至屋內，她未曾說過一句話，怎知是如此厲害人物？

魯大看看暮青，又看看那村長父子，如果不是不合時宜，他真想說一句——這小子，腦子怎麼長的！

比起魯大，韓其初就不合時宜地笑了笑，他以為在青州山中聽她推論凶手之言已令人驚嘆，今晚再聽高見，還是令人驚嘆哪。

「腦子怎麼長的……」章同咕噥，從進村到借宿此家，他只覺得這村子古怪有些問題，但具體哪裡有問題，還真是說不出。他敢保證，便是其初也沒瞧出什麼來，事情在她眼裡竟然就全都清楚了？

他瞧著她，想起她平時的清冷寡言，再瞧她方才的滔滔不絕，那眸底的清光似能解世間一切疑團。

這世上竟有如此聰慧的女子。

屋中，人人驚嘆，唯獨月殺冷著臉，這世上怎有如此愛顯擺的女子？她就不能少說兩句！

暮青推論完了，確實話也就少了，見這對父子不說話，她便交給魯大審了。

魯大道：「老子實話告訴你們，老子是西北軍副將，這屋裡的都是西北軍的兵，前幾日被你們迷暈的也是西北軍的兵！大將軍忙著前線戰事，聽聞這半年馬匪有異動，派人來查，哪知人一批一批的失蹤，老子只好自己帶人來了。既然今晚你們叫老子發現了，你們就只有兩條路了，要麼告訴老子馬匪的事，老子念你們是被脅迫的不予追究。要麼老子綁了你們去見大將軍，日後剿匪，你們就以通匪罪論！」

那村長父子哪能想到魯大竟是西北軍副將？西北軍是西北百姓的守護神，十年戍守，百姓愛戴，家家戶戶為西北軍、為元修供著長生牌位，哪知今夜險些迷暈送給馬匪的竟是西北軍？

那父子倆撲通一聲跪下了，老漢痛哭流涕：「將軍，俺們村人真的不知那些過路人裡有西北軍的將士，要知道，俺們絕不肯幹這事！」

不必魯大問了，那青年漢子便全說了，他瞧了眼暮青道：「將軍，您手下這位軍爺真乃神人，說得一點也不差！是馬匪讓俺們幹這事的，那些蒙汗藥就是馬匪給的，他們不殺過路人，只是把人抓走，男女老幼都不放過！自胡人打過來開始，已有大半年了，旁邊幾個村子不知道啥樣兒，僅從俺們村抓走的就有上百號人！」

魯大回頭看了暮青一眼，又問：「可知道他們把人抓走幹啥用？逼良為匪？」

西北的馬匪以前被西北軍剿平過，年前五胡聯軍叩邊，他們才又聚起來的。當時殺了一批，又招安了一批，剩下的那些人數只是三三兩兩，不足以前的半數。他們覺得人少勢微，所以抓過路人逼良為匪？可老人、婦人和孩子有啥用？

「俺們也不知，這些馬匪也不與俺們說……」那青年漢子搖搖頭，想了會兒道：「不過，俺知道，他們其實只要男的！」

「怎麼說？」

「那是俺無意間聽見的，那晚村裡有對走親的小夫妻來借宿，馬匪來接人時說……又有婦人嘗、嘗鮮了，另一人說，男的單薄些，當勞力指不定幾天就死了。再多的……那兩人也沒說，把人撈去馬背上就走了。」

那青年漢子跪在地上，捂著折斷的手腕，低著頭。

屋裡一時無聲，老熊站在那漢子身後，氣得蹲下身一把勒了他的脖子，怒道：「你家中也有婦人，怎忍心幹此事！」

那青年男子低頭痛哭，旁邊老漢顫巍巍哭道：「將軍，俺們也是被逼的！全村人的性命哪！那些馬匪凶殘得緊，西北軍沒來的時候，這附近村子被馬匪欺辱怕了，說殺就殺，俺家還有個孩童……實不敢不從啊將軍！」

「放你娘的屁！此處離葛州城只三百里，馬匪猖獗，你等不會去州城報官？

那刺史他敢不管，大將軍宰了他！」

「可不敢報官、可不敢報官哪！」老漢連連擺手，面有驚恐神色，「那些馬匪，在附近有瞭望哨，村子裡一舉一動都在他們眼皮子底下。哪個村子，來了幾個人，他們都知道！夜裡來領，他們來幾個人，咱們就得交幾個人，從來人數沒差過半個！若敢藏起一個來，這、這全村人的性命……若敢報官，指不定俺們人還沒回來，村中婦人孩子已遭了馬匪毒手了！」

魯大瞇了瞇眼，「即是說，今夜有六個馬匪會來？」

「是，他們每回都是夜裡子時來，騎馬！俺們村子裡一有外人來，夜裡家家都關門閉戶，大夥兒聽見那村口的馬蹄子聲都怕。」老漢壓低聲音道。

屋裡一時無聲，魯大又忍不住瞧了暮青一眼，這小子說的，竟全中了！

「那些馬匪是哪個寨子的？這附近十三個寨子，哪些寨子裡有人，你可知道？」魯大問。

那老漢竟搖搖頭，屋裡一燈如豆，照著他那雙渾濁的眼，壓低的聲音夜裡聽著有些詭氣：「將軍錯了，那些寨子裡，沒有人！」

沒人？

魯大愣了愣，面色沉了，「方才你還說馬匪在附近有瞭望哨，村子裡一舉一動都在他們眼皮子底下，現在又說寨中沒人，你當老子是三歲孩童，好哄？」

他們一路行來，路過七座寨子都沒碰到劫道兒的，那些寨子瞧著確實像空寨，但這村子既然有馬匪來，附近又有瞭望哨，必定是寨中有人的。

「瞭望哨裡有人，可寨子裡白日無人！早些年，這附近匪禍重，那些馬匪要附近村子每月都往寨中送米糧吃食，年前回來，卻沒叫俺們再送過。那些來村中借宿的，都說路上沒遇著馬匪劫道兒，有人不知那些馬匪又回來了，還以為寨子裡是空的，好奇上去瞧過。都說寨中無人，可晚上那些馬匪又會出來，進村的方向瞧著卻是從寨子裡出來的。俺們附近這幾個村子，都傳言說、說那些馬匪寨子是……」

「是啥？」

老漢跪在昏黃的光線裡梭了眼窗外，喉嚨裡咕嘟一聲，擠出倆字來：「鬼寨！」

屋中又靜，暮青知道老漢說的是實話，但那只是他的所見所聞，不代表真相。她是不相信鬼寨之說的，方圓五百里，除了村莊和寨子，便是道道縱橫的黃砂岩，馬匪能住在哪裡？只有寨子裡！只是他們白天不出來，晚上才現身，行事有些古怪。那些被抓的男子是去做勞力的，馬匪在寨中有工事在修？

這些疑問從這村長父子口中是無法得知了，要問只能問馬匪。

馬匪既然子時來，那他們就在這院中等到子時，抓了人一問便知。

老熊和章同把那父子綁了，堵上嘴看在屋裡，六人就這麼在屋裡等。

等了約莫兩個時辰，村口傳來馬蹄聲。

村中蟲鳴聲都靜了，月色照著死寂的村莊，家家戶戶閉門熄燈，唯見村長家中一盞幽燭，引著那踏踏的馬蹄聲由遠而來。

院門口，一輛馬車靜靜停在老樹旁，一匹瘦馬不安地踢踏著馬蹄，打了個響鼻。

彎窄的村路上，六匹神駿的高頭大馬在夜色裡漸行漸近，到了院門口，六名黑衣人下了馬，只聽有說話聲傳來。

「這馬車一會兒也拉回去。」

「這瘦馬，拉回去白廢馬草，連他娘的肉都老！拉回去不如宰了！」

「也是，瞧瞧咱們的馬！哈哈……」

「咦？」

後頭人正笑著，聽前頭咦了一聲，那人在最前頭打門，開門的人頗壯實，不是常來開門的那村長的兒子。月色清亮，那人卻立在門簷下，一時瞧不清臉。

正是這一愣神兒的工夫，門簷下那人忽然一伸手，提著衣領便把他給扯進了院子！

那馬匪也人高馬大，竟被拽得一個踉蹌，門後忽然閃出兩道清瘦人影，伸手齊拽，後頭兩人也冷不防被拽進了院兒！最後三人乍驚，有兩人去摸腰間的刀，另有一人袖口一揚，似有響箭要射出。

院門口停著的那馬車簾子忽然掀開，一道寒光射出，正刺那人腕間，血花一炸，那人還沒來得及慘嚎，腰間便生挨了一腳，被那馬車裡下來的人猛踹撲倒。

那人正撲在前頭拔刀的兩人身上，兩人踉蹌一步，馬車裡忽然又蹦下一人，身量頗高，一手提了一個丟進院中，順道腳下一勾，將那手腕受傷的馬匪也踹了進去。

院門啪地關了，裡頭幾道悶聲，眨眼工夫便安靜了。

月色照著老村，夜深漫長。

屋裡，審訊剛剛開始。

那村長父子瑟縮在窗下，不敢瞧那被綁起的六名馬匪。

月殺和章同守著門，老熊和韓其初各立兩旁，魯大和暮青看著那六名馬匪。六人都堵了嘴，魯大將一人嘴裡的布拔出來，問：「你們是哪個寨子的人？」

那馬匪目露凶光，不理魯大，轉頭盯住窗下縮著的村長父子，面露猙獰，「你們敢出賣老子！老子幹死你家婦——」

砰！

狠話沒撂完，魯大一腳踹了那馬匪，只聽砰一聲，後腦杓砸在地上的悶聲，似開了瓢的瓜，伴著喀嚓一聲碎音，見魯大的腳正踩在那馬匪胸口，腳尖一碾，那馬匪眼倏地瞪大，眼底逼出血絲，嘴裡噗噗噴出血星兒，濺滿一張痛苦的臉。魯大腳下又一碾，那馬匪臉上痛苦的表情頓時扭曲，嘴裡的血星兒變成不斷湧出的黑血，身體一個扭動，腿一蹬，沒了聲息。

一腳便碾死了一個人，那村長父子驚恐已極，幾近崩潰。旁邊五名馬匪目中凶光被驚恐壓下，眼神發直地盯著魯大。

「老子刮了鬍子，你們他娘的就認不出老子了！仔細看看老子是誰，再開口跟老子說話！」魯大將桌上油燈提來，往臉旁一照，火苗跳動著，照見一張陌生卻又有幾分熟悉的臉。光潔的下巴，英俊了不少的容顏，那凶狠手段卻是西北馬寨的馬匪們忘不掉的噩夢。

魯、魯……

「好，認得老子，那就別給老子說廢話。老子問，你們答，說一句沒用的，老子就宰人！」魯大一把拔了下一個人嘴裡的布，捏著那人下頜，咧嘴一笑，再英俊的臉也給他笑出幾分猙獰來。

那馬匪目露恐懼，沒聽他問什麼便開始點頭。

旁邊一人見了似被驚醒，嘴裡塞著布，嗚嗚搖頭。

魯大朝那人一笑，一腳踩了那人，與方才一樣的一幕，那人抽搐了幾下便死透了。

剩下四名馬匪，只覺背後冒涼氣兒，心底的恐懼層層冒出，有些已經淡忘了的記憶此刻重回腦海。數年前，西北軍剿匪，匪寨對魯大的恐懼勝於元修，此人對待敵人的手段狠辣，抓著馬匪，將人用繩子綁在馬尾上，臉朝下縱馬瘋拖，西北黃沙細，臉在地上磨一路，翻過來時臉皮都磨沒了！

那幾年是十三匪寨的噩夢，只是已過數年，今夜被魯大以如此狠辣的手段又將記憶給扯了回來。

「我說！我說！」那馬匪聲音尖厲，驚恐已極。

這回，旁邊三人沒有阻止他的了。

魯大滿意一笑，「很好，你們是哪個寨子的人？」

「我、我們就是馬寨的人，現如今沒、沒有十三馬寨，只有一個寨子！一個……」

頭一句便叫眾人一愣，暮青道：「他說的是實話。」

魯大瞧了她一眼，沒問她怎麼瞧出來的，反正她的腦子他們都見識過，她說是，他就信！

「那你們都聚在一個寨子裡？是哪座？」

「不，我們的人分散在周圍五個寨子裡。」

「你不是說你們只有一個寨子？你他娘的唬老子？」魯大眉一擰，抬腳便要踹。

那馬匪嚇得往後縮，忙道：「沒沒沒！我們的人確實分散在五個寨子裡，但屬一個寨子，因、因為寨子底下都打通了！」

魯大神色一凜，老熊也露出驚色。

「你們抓過路人當勞力，是為了打通寨子？」魯大沉聲問。

「是、是！」那馬匪點頭。

「為啥要打通寨子？」

「為了方便兄弟們換寨子，還有運馬匹進寨。」

「運馬？」魯大瞇起眼來，想起方才開門時看見外頭的那六匹壯馬，「那些馬不像呼查草原上養的馬，像是胡馬，你們怎麼運進來的？」

西北乃邊關，有馬匹管制，自平了馬幫後，馬場和馬匹數量在官府都有登記，所有馬場都在西北軍的看管下。百姓家中並非不可有馬，但數目有限制，大多用來拉馬車，其資質也成不了戰馬。

可剛才門口瞧見的那些馬，因夜色瞧不太清楚，魯大也不敢肯定是否胡馬，但那些馬絕對是戰馬！

這些馬匪從何處搞到的戰馬？

「這……只有大當家的知道。」那馬匪說他不清楚，又怕魯大宰了他，趕忙又道：「大當家這半年來常與一黑袍人夜裡相見，每回那黑袍人離開，隔個三、五天便有一批馬來，從暗道裡送進來，已有好幾批了。」

「有多少？」

「五、六千了。」

魯大的臉色頓沉，老態嘶了一聲，韓其初回望章同一眼，見他也露出驚色。

五、六千馬，與西北軍十萬精騎差距雖大，但問題不在這差距上，而在於這些馬都是戰馬上。在西北軍的眼皮子底下，半年時間私運進五、六千戰馬，馬從何處來，走的哪條路？

「你們弄這麼多戰馬來，想做啥事？」魯大箝住那馬匪的下頷，燭火劈啪，好似能聽見骨頭被擠壓的聲音。

那馬匪痛不可言，魯大手勁兒略鬆，他便趕緊答道：「這、這我們也不知……只知道，大當家的說，將有大事做！」

一聽此話，魯大便感覺不妙。

西北軍在前線作戰，後方藏進來五、六千匹戰馬，若有一日，前線遇緊要戰事，後方突遭衝撞，後果會如何？

且這些戰馬的來源未知，運送途徑未知，總覺得像是西北軍的後方被人開了一個窟窿，那窟窿若不堵住，遲早有一天要釀大禍！

魯大瞧了暮青一眼，幸好今夜聽這小子的話來了這村子，幸好這趟出來帶了她，不然這麼大的事不知何時能發現。西北軍十萬精騎，馬寨裡只有五、六千匹戰馬，他相信這一定不是對方要的數目，如果今夜沒發現，這些戰馬應該還會往寨子裡運，說不定哪日忽然便有大禍！

這小子又救了西北軍一次！

魯大捏住那馬匪的下頷，問：「你們有多少人？地下寨子的暗口在何處知道嗎？」

「知道！知道！」密道出口有很多，其中他知道的一處就藏在寨子瞭望哨下的那黃岩下，暗門做得巧，一般發現不了，「寨子裡如今有五千來兄弟。」

魯大點點頭，臉逼近了些，叫那馬匪看見他眼底的殺意，問：「最後一個問題，那些被你們抓了勞力的人，還活著嗎？」

那馬匪喉嚨咕咚一聲：「活、活著！除了有幾個人累死了，大部分還活著！那些老幼婦人，也都關在寨子裡。」

這話是今夜唯一讓人鬆了口氣的。

那四名馬匪不知魯大會如何處置他們，眼裡皆含懼意，但又含著一線生機。他問了暗門，想必是會留著他們的性命的。

魯大卻對他們露出個森然的笑意，手一抬，便將人一一劈暈了過去。

匪寨的事查清了，剩下的問題就是怎麼回營了。

那老漢聽說魯大等人想回去，頓時顫得如風中落葉，道：「幾位將軍，你、你們要走？」

魯大掃一眼過去，目光沉沉嚇人。

老漢嚇得一縮回去，如受驚的老鳥，那青年漢子壯著膽子問：「那、那俺們村呢？幾位將軍走後，那些馬匪會來屠村的！」

他們原以為魯大等人敢來村中，身後應是跟著大軍的，就像幾年前劉匪那般。哪想方才聽他們話裡之意，竟是只有六個人來！現在他們打聽了消息，殺了馬匪就走，那村子怎麼辦？他們是西北軍，武藝高強，馬匪抓不住他們，只會拿村人洩憤。

「將軍，那些馬匪就算不屠村，也不會放過俺們一家的。俺們做這些都是被逼的，不答應他們，全家都會死！俺家娃兒，才五歲……」那青年漢子痛哭道，眼裡有著絕望，但又含著一線生機。

西北軍是邊關百姓心目中的英雄，他們不會扔下百姓不管的。

魯大狠狠皺起眉頭，拳握得喀嚓響，前一刻殺馬匪狠辣殘酷，這一刻只目光如鐵，掃一眼老熊、章同和月殺，道：「一個人衝出去，回營帳報信，帶大軍前來。其餘人死守村子等後援，老子帶你們出來的，老子留下！只剩下你們三個會騎馬，誰回去？」

他跟馬匪打過交道，知道這些人的毒辣，他們連西北軍都不怕，殺個百姓屠個村子不過是抽抽刀的事。私運戰馬形同謀反，他們密謀此事，一旦洩漏便是死罪。這些人既然敢行此道便已是亡命徒，他們的人沒回去，定然會來查看，這老漢一家勢必遭屠。這對父子倒也罷了，他家中婦人和小童終究無辜。

為今之計，只能派一人馳回報信，其餘人死守村子了。

「回去報信的，不用回軍營！拿著老子兵符，去葛州城調一千精騎！」魯大道。

大軍紮營之地遠在五百里外，戰馬疾馳要一日夜，回營點齊了兵馬回來，刨去路上遭遇馬匪許有一場惡戰，後援最快三日才能到！

留下的五人要堅守惡戰三日，這太難。

只有往葛州城求援，葛州城離此三百里，一來一去兩日，他們五人和這村中百姓才能多一線生機。

葛州城裡大將軍留了兩萬步兵和一萬騎兵，他的兵符能調一半兵力，但葛州城的兵力不能調動太多，那些馬匪不知在密謀啥事，城中固守的兵力不宜大動。西北軍的精騎都是在大漠磨出的鋒刀，以一當十，一千精騎來救不會有問題！

有問題的是留下死守村子的五人很有可能等不到援軍，他們的血他們的命便會留在這個村子裡，化作西北的風沙。

去葛州城報信的人有可能活下來，留下死守村子的人生機僅有一線。

「我不走！」章同忽道，望了眼暮青，那一眼所含之深被屋中昏暗遮埋，瞧不真切。

「我也不走！」月殺也望了眼暮青，主上之命是不惜一切護她周全！她生在江南，水性頗好，卻不會騎馬，她是不能去報信的，那麼他就得留下來保護她。

老熊罵了一聲：「你倆不走，難道老子走？老子是西北軍的老兵，手上殺過的胡人馬匪多得數不過來，哪像你們倆小子，新兵蛋子，刀上沒沾過血！死守村子血戰兩日，比殺人你們比得過老子？別到時候見血手軟！你們倆走一個，老子留下！」

魯大點頭，他也這麼覺得，留個老兵比留個新兵生機大。

月殺冷笑一聲，他刀上沒沾過血？對，是沒沾過血，因為他不用刀。但他手上的人命也已數不清，比暗殺，無人精準過他，用刀砍人太費力氣，西北軍砍一顆人頭的工夫，他可以殺十個人。

月殺看向章同，道：「要走也該是他走。」

章同怒笑，「要不要打一場，見見血，看誰手軟？」

月殺冷眼看他，見血？在他手上見血的都是死屍！

兩人眼看便起爭執，忽聽有人開了口：「越慈走！」

月殺循聲望去，見是暮青，冷峻的眸底溫度頓降成冰。她叫他走？他走，留這小子陪她？這小子要麼已經看出她是女子，要麼就是有斷袖之癖，總之他對她居心不良！

章同挑挑眉，挑釁地看一眼月殺，露出勝利者的笑容，眼底卻有複雜神色。她選了他，雖然是選他留下來送死，但不知為何心裡竟有歡喜。

月殺看一眼章同，看吧？這小子很高興，瞎子都看得出來他居心不良！這女人看不出來嗎？她除了斷案，在別的事上能聰明點嗎？

暮青似沒看見月殺臉上的寒霜，只深望著他，道：「想想你家裡人。」

魯大等人皆愣，家裡人？在場的人，哪個是無牽無掛的？她為啥只單單提醒越慈？

這話雖然聽著有些古怪，但也不是太怪。圍捕呼延昊那晚，她和越慈兩人在後頭，許是越慈與她說過家中事，許是他有不能死的理由。

暮青不管旁人如何猜測，她只深望著月殺，希望他能懂。

想想你家裡人——想想你家主子！

月殺若留在村中血戰，為護她勢必顯露身手！他是影衛，習的是暗殺技巧，身手一露，魯大會看不出？萬一被看出，他暴露了身分，步惜歡會如何？西北軍是元家嫡系，步惜歡與元家不睦，元家把持朝政多年，若知他在西北軍中安插了影衛，他會面臨何等境地？

燭火搖曳，躍入少年眼眸，卻晃不動那眸中堅定深沉，那堅定如磐石，擊碎月殺眼底寒冰，讓他久未言語。

似乎重新認識她，許久之後，他問：「那妳呢？妳家裡人……」

她西北從軍，不就是為了給她爹報仇？把命留在這裡，她要如何為她爹報仇？

「所以我不會輕易放棄自己的命。」少年負手，不似作假，這一刻，似信任，似託付，「我的生機在你手上，所以，你速去速回。」

屋中久未有人聲，半晌，月殺道：「好！」

只一字，他答應了，便不會反悔。

「接著！」魯大手一揚，一道兵符向月殺拋去，「葛州城守將是秦飛，精騎都尉叫賀成，命賀成帶一千精騎來救，葛州城戰時戒嚴，不得有誤！」

月殺道一聲得令，開門便奔出院子，聽門口一聲戰馬長嘶，馬蹄聲起，踏破夜色而去！

馬蹄聲尚未遠去，屋中桌上飯菜被掃落在地，一張紙鋪在桌上，韓其初執筆畫下村中簡易地圖。他們進村前曾在村口望遍整個村子，一座兩、三百戶人家的小村，進村出村的路口就那麼兩條，一眼便能記住。

韓其初是文人，不懂武藝，一路行軍操練，他也只是練了身體力，留下來，他幫不上什麼忙，但兵法戰術他倒可說上一說。

「馬匪的瞭望哨裡知道我們有六個人進了村，越慈突圍出去，我們還剩五人。馬匪不知我們身分，我們人又少，他們起先必定會輕敵，第一撥來村中的人絕不會超過五十，且會從村口闖入。我與周兄不會騎馬，可在村口設暗繩，絆倒一批人後速殺，將軍、陌長和章兄可馬戰。但在下不擅武藝，僅靠周兄速殺絆倒的馬匪有些難，因此還得請章兄棄馬戰，與周兄一起動手！」

章同點頭，他沒意見，與她一同在馬下殺敵，正可護她！

暮青也沒意見，她不懂兵法，但從心理學角度，韓其初分析的沒錯。馬匪定然瞧不上他們的人數，輕敵狂妄的心態會讓他們第一批來的人不多，且會大搖大擺走村口，絕不會考慮其他路徑進村。

「殺了這批馬匪後，諸位還需將戰馬殺了！」

「殺戰馬？」魯大擰了眉頭。這些胡馬身高體壯，頗為神駿，眼下正當戰時，繳做軍用再好不過，殺了心疼！

「必殺之！」韓其初道，昔日溫文爾雅的文人，此刻目含鋒芒，執筆一點村口的路，「這些人若未回去，馬匪定被惹怒，這回再來，不會少於兩、三百人。仗著兵力，他們依舊會走村口，但兩、三百騎兵已非將軍四人能應付，必須殺馬！此村村小路窄，五十馬匪，五十戰馬，足可堵住村路。」

「此村，村外有半牆相繞，村後乃下俞村。馬匪進不得村，必選旁路。他們不會馳去下俞村，再從下俞進村，定會從此處進！」韓其初指指村外的土牆，那繞了大半村子的土牆來時眾人都見過，黃土堆成的，牆身本就矮，還塌了幾處，很容易策馬躍進村中。

「此處宜火攻！潑油，點火，制敵戰馬，陷敵於火海，兩、三百騎可輕易取之！」韓其初一拍桌上地圖，望一眼幾人，燭火照著他的眸，那其中似有火海刀光，夜戰未起，似叫人已聞戰馬長嘶，已見烈烈火海。

「好小子！行啊！」魯大一拍韓其初肩膀，方才還心疼那些戰馬，此刻眼中已只剩亮光。

戰馬的衝撞力太強，自古騎兵對步兵之戰便不是戰爭，而是屠戮。兩、三百步兵遇上兩、三百騎兵，只有被碾死的命運，何況他們只有五人？想取勝，唯有靠戰術。不得不說，韓其初有軍師之能！

魯大的誇獎卻只叫韓其初露出苦笑，他的志向是那天下軍師，那廟堂高處，只是抱負未施，竟就遇此境地。或許，這會是他一生中唯一一次也是最後一次運籌帷幄。

不過，無妨！若能守一村百姓，此一生倒也不負！

「這一撥人若再被我等折殺，馬匪可就不會再隨意進村了。若在下所猜不錯，他們應當也會用火攻。火油，火箭，村中將成一片火海！唯獨可放心些的是村中多土房，火攻不見得殺人，卻可生亂。此時村牆後已成火海，人馬不得入，馬匪只能再從村口進。馬進不得村，他們這回不會再有馬來了，但人會很多，最少五、六百。我等此時可換上屋中馬匪的衣衫，混入人群出冷刀。但總會被發現的，那時候……唉！只能拚命了。」韓其初一嘆，根據他們的人數和村中地形，他能制定的戰術只有這些了。

如果順利，這第三撥人進村時應是清晨了。

夜裡兩撥馬匪，戰術得當，配合默契，他們應該不會太累。真正累的是從清晨開始，沒有戰術，只有死鬥！兩天一夜的死守，他們能否活著等到援軍，全看天命了！

魯大拍拍韓其初的肩膀，從屋裡地上拾了把馬匪的刀遞給他，「你就在這屋裡看著這些人吧，外頭交給我們了！」

韓其初頷首，他不會逞能出去幫忙，他不會武藝，出去只會成為他們的負累。

韓其初制定的戰術眾人都沒意見，便將幾名馬匪的繩子解了，身上的衣服扒了下來，又將人重新綁上。

五人都沒急著換上馬匪的衣裳，因為他們畢竟人少，村口村牆兩戰，不敢保證不會有漏網的馬匪逃回寨中報信。若此時穿了馬匪的衣裳，後頭馬匪進村時就不好混入其中了。

韓其初待在了屋裡，魯大、老熊、暮青和章同四人就這麼一人提著把馬匪的刀出了門。

剛到村口，便聽夜色裡有隆隆馬踏聲傳來。

馬踏長夜，碾破村前月色，樹影搖碎了人影馬影，鋪在村路上，幽暗猙獰。

為首的馬匪嘴角一道猙獰的刀疤，目光森寒，疾馳在前，未進村，刀已在手。

一個時辰前，他們的人來了上俞村。一刻鐘前，一人從村中馳出，騎的是他們的馬，馬上卻非他們的人。那崽子往葛州城方向馳去，他們的人去追，才追出五里地，就死了三十多弟兄，詭的是沒人瞧見他使的是何兵刃！寨中已派了弓手和精騎去追，而他們這隊人則被派來村中抓人。

村中還有五人，不知身手如何，想來沒中蒙汗藥，逃出去的那崽子身手還那般詭，想必這五人也非泛泛之輩。

但那又如何？區區五人，他們的人數可有整整五十，且有戰馬。

五人，不過是五隻螞蟻！

那馬匪凶狠一笑，刀疤猙獰，見村口已在眼前，手中長刀舉起，後頭跟著的馬匪齊望那刀，見幽幽寒光逼著人眼，對著月色，橫劈而下！

屠戮的信號，激起一雙雙眼裡的殘忍嗜殺，血未起，月已紅。

「殺！」

殺聲驚了老村，村民們瑟縮在屋中，黑暗中梭著驚恐的眼，等待著將要臨頭的噩運。

那馬蹄聲忽然在村口雜亂起來，戰馬嘶鳴，人聲喝罵，還有些撲通撲通的沉悶聲，伴在西北凜凜風刀子聲裡，若一首壯闊的夜曲。

村口已成一片亂象，地上忽起的絆馬繩，老樹草垛後忽奔而出的人，後方忽然策出的馬，頭頂忽落的長刀……血濺三尺樹梢，染了村頭土路。

那前頭為首的馬匪被絆倒，尚未瞧清來人，後頭來不及拉韁的馬便踏在了他頭上，夜色裡如破開的瓜，血肉、腦漿，潑出一地，被身後倒下的人和戰馬覆住，長刀落，鋪濺一層新血。

戰馬揚蹄長嘶，馬上匪勒韁、呼喝、抽刀，稍一耽擱的工夫，便有一顆人頭落地。腔子裡的血濺出三尺，染紅月色，驚了馬上人。驚住的被砍下馬，未抬頭，頭頂便有長刀落。

深夜村口，刀割人命，如同割稻草。

五十條人命，不用一刻鐘便倒在黃土路上，血依舊是熱的，生命已了無生息。

人的慘嚎落去，馬的嘶鳴驚起，關外神駿的五十戰馬倒在了破敗的老村口，與馬匪躺在一處，堵了村口的路。

村中靜了下來，只餘風聲。

村人瑟縮在家中，貓在門後，扒著門縫，瞧外頭動靜。

夜色裡，有人影進了院兒，那村人哆哆嗦嗦往後退，絆倒了門戶一把斧子，吭的一聲，夜裡異常響亮。院中那黑影忽然轉頭，往屋中一望，那村人又哆哆嗦嗦抱起斧頭，鈍刃對著門外。

那人影卻連門前臺階都未踏，轉身便進了旁邊破屋，一會兒搬出個罐子來，速出了院子，消失在夜色中。

這夜，兩、三百戶村人，大多見著了此景，卻不知來自己院子的是啥人，幹的又是啥事。只知人去了，村中便又靜了，直到一個時辰後。

村中靜了約莫一個時辰，村口又有馬蹄聲來，狂亂，沉悶。到了村口，依舊沒有聽到進村的聲響，只聽見人聲喝罵，隨後馬聲馳遠。

村人不知馬匪為何來了又走，心剛稍稍放下來，便聽馬蹄聲又來！

馬蹄聲沉悶，繞了半個村莊，似是村前土牆的方向！

有村人家中正對那土牆，隔著門縫往外看，見戰馬高壯，一躍便跨過了村中土牆，馬上黑影手中提著刀，月光照著刀鋒，晃見那些黑影眸光森寒。

「馬、馬匪來了！屠屠屠、屠村了！」那村人轉身便往屋中跑，屋中婦人懷抱孩子不知往何處躲，那漢子搬起個籮筐便將娘倆扣住，上頭搭上被子，又將屋中一只老櫃子挪到門口，欲擋住門。

櫃子剛搬出來，門縫外忽有火光起，那漢子奔過去，隔著門縫見村牆下一片火海，著了火的人在地上打滾兒，馬長嘶驚縱，正踏在那著了火的馬匪背上，那馬匪猛地抬頭，口中噴出的血火光裡豔紅。

一名背後著了火的馬匪從火海中奔出，有人影立在火海外，一刀送進那馬匪腹中，刀抽出來，帶出的血珠兒如線，濺上院牆，風送著血腥氣和焦糊味兒傳進院子裡，那漢子扒著門縫，火光照見他眼裡的恐懼和希冀。

有人在殺馬匪！

但沒人知道這些義士有多少人，只知這是混亂的一夜，村中到處是戰馬嘶鳴，馬匪慘嚎，大火燒黑了土牆，地上焦屍薰人作嘔。

廝殺漸歇時，天色將明，村牆下留一路焦黑的人屍、馬屍，蜷縮著，冒著煙塵，無聲訴說著戰場的慘烈。有的屍身被砍斷了頭顱，身子在火海外，頭顱已燒成焦黑。有的一半在火海裡，一半在火海外，身上壓著馬屍。

三百馬匪，一半人死在自己人的馬蹄下，另一半人或被送進了火海，或在混亂中被祭了長刀。

風吹著黑煙，火光如同訊號傳進馬寨，激怒了寨中馬匪。

寨門在黎明時開了，人如瘋狂的潮水湧向村子，燒黑的土牆外，火油火箭流星般點亮了黎明的村莊，屋頂、窗子、院子，牛棚、草垛……土房不易點著，房頂燒著火油的村人躲在家中，窗子著了火的屋裡拿水去撲，村牆下的火海漸熄，村中星火又起。

村口的慘烈令湧來的馬匪不寒而慄，為首之人豎起長刀刺向灰沉沉的天，「五個崽子，別管藏在哪兒，這村子裡的人，給老子屠！」

「屠！」凶狠的齊呼驚了村莊，人群如潮般散開，湧進了村中三條蜿蜒的窄路。

三個馬匪竄進村頭第一間房，那土房窗子著了火，家中無水，那村人便開了門在院中潑水進屋，見馬匪進院兒，他拔腿便往屋中跑，回身要關門，馬匪已奔了進去，抬刀便挑那村人胸腹，身前忽然閃過一人來，半蹲著身子，抬手向上一送！

那人手中一把薄刀，直刺進他的喉嚨，血嗤地噴出來，那馬匪拿手一摸自己脖子，摸著一手鮮紅，倒退兩步，直挺挺倒地。

旁邊的馬匪驚著，轉頭看那人的工夫，心口忽然一涼，又一熱，他捂著胸口倒地時腦子最後一個念頭是——這人不是自己人嗎？

那從鬼門關前走了一回的村人驚得忘記了關門，那救了他的人跟馬匪穿著一樣的衣衫，卻不知為何殺了馬匪。

那是個粗眉細眼的少年，相貌平平，唯一雙眼眸清冷，看人似含風霜。

「回去！別再出來！」少年嗓子已有些啞，說話時人已奔出院子，往隔壁而去。

隔壁院中，房門已被撞開，屋裡有女子的哭號，兩個馬匪將一名婦人壓在炕頭上，地上兩、三歲大的孩子哇哇啼哭，一個馬匪舉刀向那孩子砍去，後脖頸忽然被人掐住，一人劃開了他的頸後，脊神經被切斷，那人手中的刀啪的一聲落地，炕頭上兩名馬匪聞聲回頭，見少年蹲身，手中兩把古怪薄刀，左右齊開！

嗤！

兩道血線從兩人脖頸處噴出，頭朝下載去地上。

那衣衫不整的婦人失聲驚叫，少年已奔出了門，踩著院中一石，翻去低矮的土牆頭，立在高處忽喝一聲：「你們要找的人在此！來！」

村路上，湧進來的馬匪有一、兩百人，正分開砸門，進屋，殺人。少年一喝，眾馬匪抬頭，見晨陽已照村頭，少年背襯晨光，面容染血，已瞧不出模樣。無人認出她來，只是見她穿著跟他們一樣的衣衫。

正愣神，忽見她躍下土牆，手中有寒光飛射，直釘入兩名仰頭看她的馬匪腦門！那兩名馬匪睜著眼倒地，後頭的人驚散，再抬眼時，少年已落在地上，一群馬匪面露猙獰。

「娘的！假扮我們的人！這小子就是那五人中的一個，宰了他！」

馬匪們改了目標，不再往村民家中去，瘋了般地又從各個院子裡湧出來，湧向少年。少年也似瘋了，不躲不逃，竟向人群中衝來！

叫囂聲四起，人人舉起了長刀，少年卻在接近人群時忽然往地上一鏟，有幾人撲通撲通被鏟倒，其餘人散開，見那少年滑向地上被她殺了的兩個馬匪，手一伸，拔了兩人腦門上的古怪薄刀！

頭頂有數把長刀落下，眼看便要砍上她的身，她竟就勢在地上一滾，手中刀光劃過，離她最近的幾名馬匪腳踝已炸開血花，一人單膝跪倒在地時，她扯著人衣領一拉，送去頭頂的長刀下，人已藉著這人的空位鑽出起身。

從牆頭至牆下，眨眼的工夫，她手中的人命已有三條，更有五、六人無法再起身！

馬匪們神色凜然，也更怒火中燒，舉刀圍向少年！

暮青不知她殺了多少人，也不記得第一個殺的是誰，從西北從軍的那一天起，她就知道有一日將有活人的性命在她手中結束，只沒想到來得如此快，如此艱辛，如此壯烈。

日頭剛出，離援軍到來尚有兩天一夜，苦戰才剛剛開始。

村中三條窄路，原先計畫著魯大和老熊各負責一條路，她和章同負責一條。但是馬匪進村時人數太多，他們混在其中被擠散了，方才她站在牆頭高呼，一眼望盡這條村路，似乎只有她一人在。

而此刻，她已望不盡村路，周圍都是人，倒下一個，撲來兩個，人體致殘一百零三穴，致命三十六穴，她的目光在人群裡飛掃，不管面前的手腳軀幹是誰的，她的目光只望那些穴位，只找那些刁鑽的角度，格鬥的精髓在於無花式，亦無招式，卻出手能殺人。

暮青不求殺人，那太費體力，她只求一刀廢一人！

村路上，一百多馬匪一個個倒下，有人死，有人殘，有人麻了再也站不起來。

漸漸的，僅剩的十來個人開始往後退，不敢再輕易靠近。

村路後頭拐角處卻忽然奔出一人來，那人臉上也染了血，瞧不出模樣，卻一刀抹了最後頭兩個馬匪的脖子！前頭的馬匪忽的轉身，暮青眸光一冷，手中刀刃飛射，刺向那些轉身的馬匪，最近的兩人後頸被刺中倒地。剩下的人又呼啦轉回來，此時村路上已橫七豎八躺滿了人，暮青無法再像方才那般鏟倒幾人取刀，那些馬匪也不會再給她這個機會。他們舉刀向她劈來，卻見她眸光一冷，忽然抬手，手中不知何時又多了把刀，一刀刺在前頭馬匪手腕上，就勢一劃！

血管被剖開，血如泉湧，那馬匪手中的刀頓時落地，後頭幾聲慘嚎，當那馬匪轉身的時候，後頭的人已被章同瘋狂殺盡了。

「妳沒事？」一刀砍開眼前的馬匪，章同打量暮青一眼，眼中有未散盡的焦急。

「沒事。」暮青答一聲，低頭將手中解剖刀收好，回身把那倆馬匪後頸上的刀拔回來重新用。

她轉身之時，章同目光落在她肩上，目光一寒，「妳受傷了？」

他心急之下手往暮青肩上一按，暮青頓時皺眉，章同的手似被電到般往後一收，掌心一翻，上頭全是血。

「無礙。」暮青淡道，她身上中了兩刀，肩膀一刀，後腰上還有一刀，不過都不太要緊，至少她現在的行動力沒受多少影響。

無礙？

怎會無礙！

章同眼底逼出血色，剛要開口，身後傳來喊殺聲，他回身，見後頭村路上的馬匪已追了過來！

他不是將人解決完才到這邊來的，他在馬匪進村時被擠去了那條路上，殺起來之後，他發現不遠處有同伴，以為是她，便砍殺了過去。哪知碰頭後發現是老熊，便即刻回頭往這邊找，還好找到了她！

那些馬匪衝殺過來，章同把暮青一擋，便與馬匪纏鬥到了一處。廝殺起來時他才發現，這條村路上的馬匪竟然都解決了！他找來之時，約莫也就剩了十來個人！他和老熊在後邊那條路上與馬匪廝殺，尚未有如此戰果，她是如何做到的？

如何做到的，很快就有了答案。

暮青加入戰局，與章同一道兒對付湧來的馬匪，她不用長刀，不砍人頭，只用手中剖屍的薄刀，刺人腕、肘、膝，劃胸、腰、腹，傷人角度刁鑽，動作敏捷如豹，就像青州山湖邊贏他的那次一樣！

那些中招的馬匪有的立刻便死了，有的只是無法再拿刀，或是身子失靈倒地，但都失去了再戰的能力。如此殺敵之法頗省體力，卻有奇效！章同目光頓亮，一刀砍掉一顆人頭，問：「這身手何處學來的？」

「你死屍剖多了，你也會。」暮青忽然蹲身，從一個馬匪臂下鑽過，在那馬匪的第二腰椎棘突旁一寸半處刺下，那馬匪頓時癱坐在地！

章同回身便將那馬匪抹了脖子！

默契很快便培養了出來，暮青負責刺那些人體神經要害，章同替她掩護或製造機會，在她得手後，人若未死，他便負責補刀。

殺敵的效率在提升，從後面那條村路上湧來的三、五十馬匪，竟一刻鐘不到便解決了個乾淨！

暮青和章同卻未停下，去後面幫老熊將剩下的解決了，又一起去幫魯大。早晨第一撥進村的馬匪，殺完時才半上午。魯大直接進了最近的一處院子，從灶房裡翻出幾個烙餅來，拿瓢舀了缸中冷水，四人坐在鋪滿屍體的村路上啃著乾烙餅，傳著水喝。

暮青藉口解手去了茅房，將三花止血膏拿出來抹在了身上，出來時聽見村口又傳來了人聲。

馬匪又來了！

這日，從早晨殺到傍晚，夕陽落山時，殺退最後一撥馬匪，暮青躺在了屍堆裡。

「晚上，我們裝屍體。」暮青道。

殺了一天一夜，還有一天一夜才能等到援軍，他們不能再這麼殺下去，匪寨裡五千多兵馬，人海戰術便能將他們困死，而今日的廝殺他們絕禁不起再來一回。

只能走偏門，混在屍堆裡，有人過時出冷刀。

「給。」章同俯身，給暮青遞去一塊烙餅，看她接了，竟連說話起身的力氣也沒，就這麼躺在屍堆裡咬著乾巴巴的烙餅，沒嚼幾口便往下嚥。他皺起眉頭，她的臉早就被血和西北的黃沙給糊了，只露一雙清冷的眼在外頭。

「何苦呢？為何偏來這軍營？」從撞破她是女兒身的那天，他心中便一直有這個疑問。

她咬著烙餅，他等了許久，以為她不會說，但還是等來了她開口，雖然只有一句話：「我爹被權貴所殺。」

章同微愣，所以？

她女扮男裝入軍營，千里行軍隨西北，為的是立軍功謀前程，有朝一日為她爹報仇？

西北的傍晚不同於江南，縱是霞光漫天，照的也是土牆黃沙，每到傍晚，便看得人心頭悲涼。那躺在屍山裡的少女，眼眸清亮，不見悲涼，但這屍山，這孤身堅守，只叫人心中更悲涼。

女子在家從父，出嫁從夫，她爹去了，家中應是也沒兄長在的，無所依靠，替父報仇成了她走下去的理由，入軍營，同這天下兒郎一樣操練、行軍、吃糙米，住營帳，睡草席，只為有朝一日去往那高處，大仇得報。

可她想過沒有？那高處豈是那般容易待的？她若真立功受封，便要一生隱瞞女子身分，不可暴露。否則便是穢亂軍營，便是禍亂朝綱，便是欺君大罪！

哪一條都是死罪！

她行如此險事，可有想過日後？

章同只覺心中莫名發堵，狠咬了塊烙餅，嚼了兩下便往肚子裡嚥，那乾巴巴的餅劃得嗓子生疼。

暮青閉上眼，沐著夕陽，吹著西北的烈風，除了風裡的血腥焦糊氣味有些難聞，這難得歇息的一刻讓她有點想睡。

章同看著她，又看向鋪滿馬匪屍體的村路口，沒有歇息，只踩過腳下一具屍體，走去她前頭，背對著她，面向村口。

這一回，歇息的時間似乎比白天長了些，馬匪再來時已是天黑，人數並不多，約莫百餘人。

百餘人聚在村口，村中各處的火油已燃盡，房頂、院子、牛棚、草垛，各處冒著煙，月色掛上枝頭，照著村路上鋪滿的屍體，叫望見的人心頭發毛。

馬匪們一時不敢進，僅今日白天他們就來了五撥人，只有幾個逃回去求救，絕大多數將命留在了村中。大當家的震怒難平，一撥一撥的人往村中派，傍晚時寨中已無人願來，爭吵了許久，才來這麼點兒人。

寨子裡賠上了多少命，弟兄們就有多怒，但同時也心生懼意。

這村中屍山，已成無聲震懾。

那為首的馬匪掃了眼村裡，見村中已如死村，家家戶戶門窗緊閉，不見燈火，不聞人聲，風吹來，只有血腥氣和焦糊味兒。看不出來那五人藏在何處，還有幾人活著。

那馬匪目光微閃，將長刀往村中一指，「給老子挨家挨戶地殺！」

百餘人齊聲呼喝裡，村路上的屍堆裡，有人無聲嘆息，隨即站了起來。

這些馬匪也不是蠢貨，裝屍體抽冷刀不可行，看來還是要拚了。

那為首的馬匪看見從屍堆裡起身的暮青和章同，冷笑一聲：「藏在屍堆裡，你們可真孬種！」

「孬不孬種，你們來試試就知道了。」章同道。

「殺了一天了，只憑你們兩個人，以為能殺得過老子這麼多弟兄？笑話！」

「誰說只有他們倆的？老子兩個不是人？」這時，魯大的聲音自村路後頭傳來，與老熊一起走出來，站到了暮青和章同身邊。他們兩人在那邊路上，聽見有馬匪進村，等了片刻卻沒見人湧進來，想著許是都圍上了暮青和章同，兩人便趕緊趕過來了。

那馬匪眼一瞇，等了一會兒，見無人再來，便笑道：「四個，看來你們死了一個。」

韓其初一直在村長家中，未出戰，但這事沒人傻乎乎的告訴敵人，暮青只哼了一聲，淡道：「嗯，五個人，來了四個，等於死了一個。算數真好，以後不當馬匪，可以當個算帳先生。」

那馬匪臉刷地黑了，傻子才聽不出她話裡的嘲諷。

魯大、老熊和章同哈哈大笑，魯大一指腳下屍山，笑道：「那不成！你小子太抬舉他，他想當算帳先生，得先數出來他們死了多少人。」

老熊和章同又大笑了起來，月色照人，伏屍滿地，四人立在屍山上，浴血堅守，孤獨蒼涼，卻笑出了幾分血氣。

笑聲傳去老遠，隨風散在小村的夜空，讓人心頭發熱，也遮了村後急切的敲門聲。

村中最後一排土房院子裡，立著兩道人影，一人身形佝僂，夜色裡瞧著似是位老者，另一人清瘦斯文，拍門聲卻急，語速極快：「老鄉，我等乃西北軍將士，困守村中，浴血奮戰一日夜，援軍明日傍晚才至，我等只有四人，勢單力孤，精疲力盡，望村中壯士相助，共抗馬匪！」

韓其初拍著門，心中有火在焚，他在村長父子家中看著那四名馬匪，聽著外頭殺聲，算計著人至少來了五撥，昨夜那兩撥依照戰術，他們四人又體力充沛，並沒有太累。但黎明時分至傍晚，不停殺退了五撥馬匪，想必已身負有傷，精疲力盡。

再戰一日一夜，他想他們或許已不能。

不能看著他們死，他只能盡自己最後所能。

然而，門緊閉著，屋裡似無人，死寂無聲。

韓其初立在門外，看一眼那村長。

老漢哆哆嗦嗦上前敲門，「李家老大，快開門，前頭拚殺的確是西北軍將士！西北軍的副將軍就在其中！」

門還是緊閉著，屋內無聲，韓其初等了一會兒，轉身離開那院子，往下一家。

「老鄉，我等乃西北軍將士，困守村中，浴血奮戰一日夜，援軍明日傍晚才至，我等只有四人，勢單力孤，精疲力盡，望村中壯士相助，共抗馬匪！」

那門也關著，無人應聲。

老漢趕緊又上前遊說：「馬三家的，快叫你家漢子出來，前頭拚殺的確是西北軍將士！西北軍副……」

韓其初不待他說完，轉身便去下一家。

敲門，請援，一家接著一家。

「老鄉，我等乃西北軍將士……」

「老鄉，我等乃西北軍將士……」

西風呼號，割過屋牆，蒼涼的哨音訴盡冷漠悲涼。

無人開門，西北百姓的守護神，這夜被他們所守護的西北百姓關在了門外，絕了僅存一息的生機。

韓其初立在村尾，看伏屍一地的村路，看一排緊閉的屋門，仰天一笑。

那村長畏畏縮縮挪來，小心翼翼瞄著韓其初，道：「這、這位將軍，這也不能怪俺們村中百姓，大夥兒這大半年都被馬匪給嚇怕了……」

「怕？」韓其初冷笑一聲：「正因你等怕，幫著馬匪綁劫路人，害了多少無辜之人？我等昨夜本可回營，因怕走後村中百姓遭屠才留下孤守！一日夜，殺退七撥馬匪，護你村中一人無失！直至今夜走投無路，才來請求庇護，而你等呢！」

「怕？難道我西北軍的將士是鐵打銅鑄，非血肉之軀？難道我等家中無妻兒老幼，願戰死異鄉？」

「呵！關外殺胡虜，關內剿匪徒，以為護的是我大興百姓，原來不過護了一村冷血之徒！」

「罷了，西北男兒的血性不過如此，既怕死，你等且在家中等著吧，我自去尋軍中同袍，今夜便是戰死，也要與我同袍兄弟身首一處！」

韓其初走去院外，自一具屍身旁拾起一把刀，仰天深吸一口西北的夜風，意難平，語氣已無波瀾，只道：「援軍明日傍晚到，若你等能活到那時，韓某只有一事相求——聽說村中家家都供著西北軍的長生牌位，砸了吧，無需再奉！」

說罷，他走向村尾，身後院門忽然吱呀一聲，開了。

那開門聲不大，出門來的漢子腳步聲卻沉厚有力，他肩頭扛著把鋤頭，月色照著他的臉，黝黑發紅，衝韓其初喊道：「誰說西北男兒沒血性？你這人怎麼這麼沒耐性？黑燈瞎火的，家裡找把鋤頭的工夫就被你給罵了！俺們村裡的漢子有沒有血性，俺今晚就叫你瞧瞧！」

村中百姓日日田間做活，鋤頭放在哪裡怎會不知？這藉口太拙劣，韓其初轉身，卻瞧見一排村屋的門一個接一個打開，裡面出來的漢子拿著柴刀、斧頭，扛著鋤頭、釘耙，個個喘著粗氣，衝他呼喝。

「俺們村裡的漢子有沒有血性，今晚就叫你瞧瞧！」

「俺們自己的村子，俺們自己守！」

一群漢子出了自家門，窗子裡，婦人抱著孩子，含淚望著，明知自家男人這一去許再也回不來，仍咬牙忍著，沒人勸阻。

漢子們湧去村路上，看見夜色裡那伏屍一地的慘烈景象，倒吸一口涼氣。他們知道有人在村子裡和馬匪開戰，卻不知是西北軍的將士，也不知他們只有五人。一日夜，他們躲在家裡，從不知外頭是怎樣的堅守，這一刻走出家門，望見這地上慘烈，胸中熱血不由翻騰滾動。

「殺馬匪！護我西北將士！」不知誰喊了一聲，眾人跟著呼喝高喊，舉著柴刀斧頭鋤頭釘耙，烏泱泱出了村尾路口，奔向前頭那條路，挨家挨戶地敲門。

門打開，又出來二、三十個漢子，四、五十人又往前頭路上的村屋湧。

韓其初立在村尾，看這情景，深吐一口長氣，忽覺肩頭之重輕了些許。

但這口長氣還沒出完，他眉頭便皺了皺，轉頭望向村前那條路，一排排村屋擋了路，他瞧不見路上情形，只側耳細聽，愈聽眉頭皺得愈緊。

太安靜了！

村民們的呼喊襯得那條路上死一般寂靜，讓人心裡頭忽覺不安。

馬匪既然來了，那邊應該有打殺聲，怎麼……沒聽到？

韓其初心頭莫名有種不安，提刀大步便往村頭奔去，轉過村尾，風從身後吹來，他一眼掠過村中地形，忽然停住腳步！腦海中浮現出昨夜所畫下的村中地圖，思索今日戰局。

一日夜，馬匪來了七撥人，人都被殺退，死傷數百。若他是那寨中當家，必不會再派人來送死，定會想方設法將村中藏著的人找出來，再趁著此時夜色正濃……

韓其初忽然望向前方村牆，不，不是村牆，那牆雖矮，馬可越過，人卻不行。

那麼……

他腦中再度掠過村中地形圖，忽然轉身，望向上俞村後，那在黑夜中靜靜坐落著的下俞村，臉色忽變！

「不好！且……」他要阻止那些村民往前頭去，卻見村中漢子們已轉過路口，湧向了村前的路。

韓其初只好奔了過去。

時辰往前倒退些，在韓其初挨家挨戶敲門請援之時，前頭村路上，百餘名馬匪和魯大等人隔著大半條村路遙遙相望。

那為首的馬匪問：「你們究竟啥身分？」

魯大摸了摸下巴，「老子這張臉，看來刮了鬍子還真沒多少人認識了。」

他一臉鬱悶，老熊哈哈笑道：「搞不好回去，連大將軍都認不出將軍了。」

「那敢情好！大將軍要能在老子手上吃癟一回，老子的鬍子刮得也值了！」

夜色深沉，縱有月光照著，依舊辨不清人臉。那馬匪一時瞧不出魯大是誰來，但從老熊的話中聽出他竟是西北軍的將軍，不由心驚。身後的馬匪們也驚呼一陣，有人不自覺地往後退。

怪不得這些人殺神似的，五個人殺退了他們七撥人，原來是西北軍！

那為首的馬匪回頭，狠戾地掃了眼手下人，一群馬匪頓時驚住不敢再退。他這才轉回頭來，冷笑道：「老子說誰這麼膽大，敢跟咱寨子作對，原來是西北軍的兔崽子！」

魯大和老熊臉色沉了下來，章同站在兩人身旁，把暮青擋在身後，暮青也不強出頭，乾脆就避在三人身後，低聲對三人道：「不對勁，他似乎在拖延時間。」

三人一愣，魯大和老熊其實也在拖延時間，援軍明日傍晚才能到，他們還有一日夜要堅守，此刻兩人身上也都負了傷，難得這撥馬匪不急著打殺，他們便也不急，打嘴皮子仗又不費啥體力，藉著這機會養養精神夜裡好再戰。

兩人本身就有意拖延時間，因此也就沒發現馬匪也有這目的，經暮青一提醒，兩人不由心中一沉。

馬匪為何要拖延時間？此刻四人沒有像白天那般分散開，而是聚在了一起，若此時有埋伏……

魯大面色忽然一變，正要有所行動，忽聽村後有人一聲高喊！

「殺馬匪！護我西北將士！」

四人皆愣，齊回頭望向身後村路，馬匪們也齊望過去。也就片刻工夫，後頭哄鬧聲如潮水般一聲高過一聲，隨後便見五十多名村中壯年漢子舉著柴刀斧頭鋤頭釘耙等物高喊著口號衝了過來。前頭院子裡離魯大等人近的屋子聽聞高喊聲，也都打開門，幾名漢子也操著農具加入進來，一群人從後頭湧到前頭，將四人擋在了身後！

村中路窄，五十多人將魯大、老熊、章同和暮青四人圍了幾層，四人立在屍山上，見前方黑壓壓的人牆，高舉的柴刀鋤頭等物擋了視線，視線忽然便有些朦朧。

留下守護村子，因為他們是西北軍，沒有更多的想法，也沒想過回報。一日夜的奮戰，四人皆負了傷，魯大身中三刀，老熊也是三刀，暮青和章同各挨了兩刀，除了這些刀傷，四人身上另有磕碰擦傷無數。浴血堅守，等的是援軍，未曾想援軍未到，等來了村民的相護。

這一身傷痕，這一刻忽覺得值！那身上流淌的血，這一刻都似乎滾燙。

這時，韓其初從後頭奔過來，見四人果然聚在一起，臉色更沉，來到魯大身後，低聲道：「魯將軍，這一撥馬匪不太對勁，恐有埋伏！下俞村方向可能有弓手會圍上來！」

白天時，馬匪總是來了便找人殺人，他們沒想到村中區區五人能殺退他們多次，每回都以為能將他們殺了，每回都敗下陣來，到了晚上總算想要改變策略了。他們的人不敢衝過來打殺，很大的可能因為後頭有弓箭手，為了不使自己被射殺，所以才遠遠地拖延時間。而以村中地形來看，只有從下俞村包圍過來，才需要些時間。

魯大轉頭望了眼下俞村的方向，當機立斷道：「大家靜一靜！老子是西北軍副將魯大，馬匪強悍，既然你們願意跟著老子殺馬匪，一切就聽老子軍令！老子現在命令你們到最近的院子裡，進屋關門，藏好！快！」

魯大沒將弓手之事與村民明說，此時若說此話，村民必定大亂，不聽指揮四處亂跑，只會死的人更多。

但他不明說，村中漢子們都莫名其妙，「將軍，俺們都出來了，為啥叫俺們再藏回去？」

「這是老子軍令，你聽不聽？不聽別跟著老子殺匪！」魯大怒喝一聲。

「走得了嗎？告訴你們，老子的弓手馬上就到！你們今晚都要被射成馬蜂窩！」那為首的馬匪道。

「嘖！」魯大頓惱。

村民們聽聞此言，頓時靜了下來，熱血被當頭澆了盆冷水，很快慌了起來。仗著幾分熱血尚存，幫西北軍共殺馬匪是一回事，被弓箭手圍殺又是另一回事。殺馬匪，他們可出一份力，遇著弓手，他們只有被屠的命運。

其實，沒人真的不怕死。

「進屋藏好！快！」魯大命令道。

這回村民們聽話了，依魯大之言湧進最近的幾個院子。

那為首的馬匪焦急地望向下俞村，見還沒動靜，便對後頭人呼喝一聲：「想得美！弟兄們，他們都受傷了，撐不了多久，先給老子殺！」

話是這麼說，可是他們圍上去，萬一弓手來了，亂箭之下，豈能保證自己不被誤殺？

馬匪們有些猶豫，村民們聽聞此言，往院中湧得更急，魯大帶著暮青四人擋在前頭，防備著馬匪忽然殺來傷著村民。

正是這猶豫、避逃、防備的亂糟糟的一刻，夜風裡忽有嘯音！

重矢急如風濤，月下飛吟一聲嘯！

魯大五人心頭一凜，抬頭！

只見一箭逐月，攜千鈞之力，破西北的烈風，擊碎月色，越頭頂而來！

馬匪們皆露喜色，那為首之人仰頭哈哈一笑，「我們的人到——」

噗！

話音未落，夜色裡炸開血花，那馬匪脖子還仰著，喉口便被射穿一個血洞，黑乎乎的灌著風，後頭一串兒馬匪皆身子後仰，臉開一洞，血花飛星般炸開，那箭帶出的罡風將百餘馬匪掃倒一片！

沒人去數那一箭殺了幾人，倒在地上的馬匪皆抬頭，呆木地望著前方。

魯大五人齊轉身！

戰馬揚蹄長嘶，一人在月色中，紅袍銀甲，墨髮雪冠，手執神臂玄天弓，眉宇似星河，披掛一身月光，宛如戰神天降！

那人策馬，神駒未落，手中三箭已發，飛馳半空，氣吞萬里，所至之處，乾坤破，人寂滅，血如潑。

百餘馬匪死翻在地，那人身後隆隆馬蹄聲震若滾雷，戰馬，戎裝，道道躍村牆，立那人身後，軍容整肅，披甲映月色清寒，巍巍豪氣震了村莊。

西北軍，精騎！

魯大和老熊面上露出狂喜，望那坐於神駒之上宛若戰神的男子，齊喝：「大將軍？」

大將軍！

來者，西北軍主帥！

元修！

一品仵作 貳
MY FIRST CLASS CORONER

作　　者／鳳今
發 行 人／黃鎮隆
副總經理／陳君平
副　　理／洪琇菁
執行編輯／陳昭燕
美術監製／沙雲佩
美術編輯／方品舒
國際版權／黃令歡、梁名儀
企劃宣傳／邱小祐、劉宜蓉
文字校對／施亞蒨
內文排版／謝青秀

國家圖書館出版品預行編目資料

一品仵作（貳）/ 鳳今作 . -- 初版 . -- 臺北市：
尖端，2021. 04-
冊；　公分
ISBN 978-957-10-8549-4（第 2 冊：平裝）

857.7　　108004380

出版／城邦文化事業股份有限公司　尖端出版
台北市 104 中山區民生東路二段 141 號 10 樓
電話：（02）2500-7600　傳真：（02）2500-2683
讀者服務信箱：7novels@mail2.spp.com.tw
發行／英屬蓋曼群島商家庭傳媒股份有限公司城邦分公司　尖端出版
台北市 104 中山區民生東路二段 141 號 10 樓
電話：（02）2500-7600　傳真：（02）2500-1979
劃撥專線：（03）312-4212
戶名：英屬蓋曼群島商家庭傳媒（股）公司城邦分公司
劃撥帳號：50003021
※ 劃撥金額未滿 500 元，請加付掛號郵資 50 元
法律顧問／王子文律師　元禾法律事務所　台北市羅斯福路三段三十七號十五樓

台灣地區總經銷／中彰投以北（含宜花東）　楨彥有限公司
電話：（02）8919-3369　　傳真：（02）8914-5524
雲嘉以南　威信圖書有限公司
（嘉義公司）電話：0800-028-028　　傳真：（05）233-3863
（高雄公司）電話：0800-028-028　　傳真：（07）373-0087
馬新地區總經銷／城邦（馬新）出版集團 Cite（M）Sdn Bhd
電話：603-9057-8822　　傳真：603-9057-6622
E-mail：cite@cite.com.my
香港地區總經銷／城邦（香港）出版集團 Cite（H.K.）Publishing Group Limited
電話：852-2508-6231　　傳真：852-2578-9337
E-mail：hkcite@biznetvigator.com

版　次／ 2021 年 4 月 1 版 1 刷　Printed in Taiwan